2022年
夏之卷

李少君
雷平阳
主编

诗收获

长江出版传媒
长江文艺出版社

2 0 2 2 年 / 夏 之 卷

诗收获

编委会

主　　办：长江诗歌出版中心　　中国诗歌网

编委会主任：吉狄马加
编委会(以姓氏笔画为序)：

吉狄马加	朱燕玲	刘川	刘汀	刘洁岷
江离	李云	李少君	李寂荡	吴思敬
谷禾	沉河	张尔	张执浩	林莽
金石开	周庆荣	郑小琼	胡弦	泉子
娜仁琪琪格	高兴	钱文亮	黄礼孩	黄斌
龚学敏	梁平	彭惊宇	敬文东	谢克强
雷平阳	臧棣	潘红莉	潘洗尘	霍俊明

主　　编：李少君　　雷平阳
执行主编：沉河
副 主 编：霍俊明　　金石开　　黄斌
艺术总监：田华
编辑部主任：谈骁
编　　辑：一行　　王单单　　王家铭　　戴潍娜
编　　务：胡璇　　王成晨　　石忆

卷首语

因为永远不在了，她就会
更清晰？因为她是淡淡蜂蜜的颜色，
她的洁白就会更白吗？
一缕孤烟，让天空更加明显。
一个过世的女人充满整个世界。
美智子说："你送给我的玫瑰，它们
花瓣凋落的声音让我一直醒着。"

    这首名为"野上美智子（1946—1982）"的诗歌，作者是美国诗人杰克·吉尔伯特，由柳向阳译成中文。诗歌之名是吉尔伯特的日本妻子之名。此刻是2022年4月9日凌晨1点钟，我又一次读它，感受就像热拉尔·马瑟聆听日本弹拨乐（琵琶、古琴、三味线）时一样："那声音拨弄着神经，紧一下，松一下，唤醒内心某种沉睡的东西，鬼魂一般，婴儿一般。"所以，把它抄在这儿。我的窗外下着小雨，好像有一块巨冰悬在空中，因为凝结而渐渐变成更大的冰绳，同时又一点一点地融化出一些向下的水丝。

雷平阳

季度诗人

自我修复 // 森子 // 002

捂出来的青春诗——读森子的近作札记 // 杜鹏 // 029

王冠和花影 // 西渡 // 035

"幸福的诗学"——西渡近作的一种诗学取向 // 王辰龙 // 059

组章

我并不期望愿望全都实现 // 李琦 // 066

朴素之物已很少 // 赵雪松 // 076

黄昏的这阵麻雀 // 陈小三 // 082

更多时候大海枯燥而有耐心 // 程维 // 091

燕山 // 大解 // 097

那是无所不在的我 // 非亚 // 108

一个人在镜中 // 李南 // 114

论诗 // 沈苇 // 120

时间做了把复杂的钥匙 // 西叶 // 127

合欢树下 // 夜鱼 // 136

野火 // 甜河 // 140

诗集精选

《飞行的湖》诗选 // 古马 // 148

《在水一方》诗选 // 李强 // 154

《孤山上》诗选 // 祝立根 // 164

《时间的礼物》诗选 // 佟子婴 // 169

域外

鲁米情诗 // 莫拉维·贾拉鲁丁·鲁米 著 / 黄灿然 译 // 178

比尔·曼海尔诗歌 // 比尔·曼海尔 著 / 梁余晶 译 // 184

推荐

推荐语 // 张二棍 // 190

腹中辞 // 李长瑜 // 191

中国诗歌网作品精选

雾中候车 // 明明如月 // 200

慈寿寺塔 // 吴小虫 // 200

树人 // 秦立彦 // 201

春夜 // 向武华 // 202

四月 // 雅北 // 202

野菊来函 // 路也 // 203

树 // 陈东东 // 204

什么地方 // 王家新 // 205

与妻书 // 刘康 // 205

晚祷 // 柏桦 // 206

松枝长得很高 // 夏午 // 207

评论

实验与选择，变奏与互动——百年新诗的六个问题 // 张清华 // 210

诗人们的音区 // 张执浩 // 244

季度观察

感官诗学，不肯定中肯定的岛屿
——2022年春季诗坛观察 // 钱文亮　黄艺兰 // 252

琳子
《大鱼》
19cm×26cm
黑白针管笔

季度诗人

自我修复
/ 森子

森子，20世纪60年代生于哈尔滨呼兰区，毕业于河南周口师院美术系。1991年与友人创办《阵地》诗刊，策划、主持编辑《阵地》诗刊10期，2010年主编出版《阵地诗丛》10种。出版诗集《闪电须知》(2008)、《平顶山》(2010)、《面对群山而朗诵》(2015)、《森子诗选》(2016)，出版散文集《若即若离》(2005)、《戴面具的杯子》(2000)等。曾获刘丽安诗歌奖、诗东西年度诗奖、苏轼诗歌奖。

自我修复

河水没看我一眼
眯着眼睛向东走
堤坝上
再没有我的父亲和母亲
十年前,在桥头
我为他们拍照
现在,我终于明白了
时间是个大骗子
我不能多想
泪水会将我盗空
水流不顾一切地前涌
不回忆,不做记录
可一切却记得流水的账
被管教的河床
不负责悲伤
堤坝上,只有别人的父亲和母亲
但我不能说我是个孤儿
昨日霜降
我走在破坏路上
与爱相反,爱是不能建设的
我触摸路边的杨树和梧桐
从根的自痛中领会肺叶的天空
我试着学会冷漠
石化自己的心肠
眯着眼睛的河水
只对投石者发回图像和回声。

雨天，连续句

整理笔记，不免感慨
天有漏洞，这才垂下雨丝
在洞头，我想起渔民沉入海底的水桶
从另一片海域冒出头
颜延之千年之后从地表钻出
很多人不记得他是陶潜的同代人
而陶潜的洞据说在江西
找到的人说不与我们同处一个时代
在王屋山，我看到"天下第一洞天"
乌鸦与鹞鹰的空中大战
我想起列子在终北国的另一副模样
中断，中断
洞与洞并不相连
霍金已经回到自己的洞中
只留下一声忠告
我从一个洞口进入，另一个洞口走出
也许这只是柏拉图的幻觉
不真实，就像李白的阳台上站满真人和假人
生活在中原
历史遗迹几乎等同于自然景观
九女洞在长有仙人掌的山坡上
我站在裂谷的悬崖边眺望山下的村落
我就是漏洞
漏洞是我的父亲，我给漏洞梳头
左边一点，右边是午夜敲打肚脏的24点。

清古寺村

我们不认识一个人，仍感觉自己拥有整个世界我们一无所有，仍要写首诗安慰自己。

我们没打过飞机，飞机仍然会向我们俯冲
我们什么都不懂，仍然觉得这可能是一首好诗。

我们不是雷洋，也不是清古寺
在毫无关联的人世间，我们生，我们死

杨树僵尸横陈沟渠，速生速死择出了因果的枝蔓
木材加工厂应该有一只向后跑的轮子

我们迷信过进步，哪里知道退步也不容易
我们迷信过成就，不清楚失意才是钢筋折叠的诗句

然而，她已经不叫清古寺
然而，她还叫着清古寺村

我们来不及招魂，来不及对招魂人说——风声有些紧了
我们仍要回家写一首薄情诗。

那年夏天
——致杨远宏

那年夏天，我从昆明看画展归来
路过成都，带着一张青芒果的脸敲开
你家的木门，看见你失眠的眼圈发黑
一绺头发很不听话地翘起，像压不住的
火苗。我们谈外省的天气：多云转阴
成都也有些闷热，仿佛一根火柴
就可以将空气点燃。晚饭，我们吃夫妻肺片
喝沱牌酒，抽五牛烟，关于诗歌现状
没说一句话。傍晚，你带我到河边散步

没有一丝晚风透露给我们希望的消息
第二天,你找来两辆旧单车,我们在蓉城的
马路上追逐,是追逐,因为你
骑得飞快,很危险。小广场上空荡荡的
连一只鸽子的影子也见不到
天空似一只反扣的大锅还没有烧到沸点
我们站在那里大概有六七分钟
感觉自行车的后轱辘在冒烟……
我们又骑向红星路,几个转弯之后
我转了向,差点撞在公共汽车的屁股上
当晚,我坐上开往河南的火车,如一只
离开剧情的木偶无所事事。临别前
你握了握我的手,像你写信结尾时常用的
"紧握!"我感到手心发热,沉睡在
脉管里的血要涌出来了。但现在
黑夜做了我的女友,她不停地在我耳边
吹送柔曼的乐曲,唯愿这列老式的
国产蒸汽机不要半路抛锚或晚点

夜宿山中

夜色抹去几个山头,登山的路像两小时前的
晾衣绳已模糊不清,我们饮酒、聊天
不知不觉夜已深更。乡村饭店跛脚的老板娘
烧好一壶开水,等着我们洗脸洗脚
她还铺好被褥,补好了枕套
星星大如牛斗,明亮得让人畏惧、吃惊
仿佛有一双银色的弹簧手,伸出来要将我劫走
多少年了,我以为这种原始的宗教
感情不存在了,今夜它活生生地扯动我
没有润滑油的脖颈,向上,拉动
千百只萤火虫、蝙蝠、飞蛾扑入我怀里

我耳边回响蜜蜂蜇过一般的低语
"头顶的星空,内心的道德律。"大学毕业时
我把它抄在一位好友的留言本上,星空和道德
也舍我而去。这几年,我在陋室里和影子争论
终极价值和意义,却没有跳出紧闭的窗口
呼吸一下夜空的芳香。一位女散文家
曾同我聊过她去高原的感受"夜里,月亮
大得吓人,我一夜不敢睡觉……"
此刻,我似乎明白,或是愈加糊涂了
童年蒙昧中敬畏的事物,不是没有缘由
或许,我出生前曾在月亮或火星的陨石坑里睡过觉
更坏的说法是我被洗过脑,如传说中的
玛丽莲·梦露,在澳洲成了牧羊人的妻子
今夜,我感到自己似乎犯下了"重生罪"
覆盖,一代覆盖一代。我自以为清醒地在
楼顶间写下过这样的诗句:
"城市的浮光掠影惊吓了胆小的星星。"
现在看来那完全是胡扯,自欺欺人,
我抬头寻找着银河,在乡村饭店前的小河边坐下
脑海忽然冒出一句话:"宇宙诞生于大爆炸。"

自问自答

为什么不疯狂?
我有理由,我有自己的药剂师。
我克制,在被允许的范围内,
偶尔越界也是快活的。
不然,我怎么会与你们在一起,
不然,我会和他们在一起,
——我的兄弟姊妹。
当我还会说"我们"这个词;
当我还在说"我"这个词;

只要我还能分辨
"我们、你们、他们、自己",
我就不会幸福,也不会疯掉。
我不得不生活,不高于生活。
我写作不因为我快乐,
也不因为我不快乐,
就像快乐这个词无知无畏,
它和痛苦源自同一洞穴。
而我并不开凿山洞,
我只汲取属于我的那份儿渺小和伟大,
然后,将空药瓶留下。

马

光芒自带体系
一匹马得知不是自我
而是一种角色站在这儿
系在断墙上的缰绳知道河流是如何停滞不前的

时间发动汗液的征伐
从棕红色皮毛的等待中挤出虚词
你大可不必当真
眼前必须转移到脑后面才能领会更多

但眼前就够了
如同四只蹄子捺在灰色的水泥地上不留痕迹
马蹄铁在空中闪耀
飞燕口衔一枚铁钉追赶小道消息的缝隙

虚词已经耗尽一生
尽管田野上的蒿草和露珠不会赞同
以人为马的城市

缰绳在转手的买卖中

嘘——
带汗珠的阳光步伐一点都不乱
就像刚刚起床的少年
而你只看到襁褓中变老的自己
你，你还没有好好使用过你的身体。

神农架
　　——纪念一次说走就走的旅行

群山嗡鸣，耳朵里有一群小蜜蜂
你舀出一勺糖
递给邻座的神农

准备得不充分，也没有充分的人生
一双新生的脚蹼离开物种的定义
邓机，你走在第几层

别磨蹭，永葆青春的野人
行动敏捷
不进化如一份大礼外加一张地图
达尔文也得不到

还要活多久才能什么都不干
还要盖多少楼，住几重天，才会说白云停停
不满意就更换一次灵魂的哨兵

在城里住久了就想换一个容身处
在一个朋友里发展多个朋友
喝一场酒，交换我们身上的一丝不驯服

深山中的人家不似我家又胜似我家
在神农的梦境中
我们只是一小部分似是而非的内容。

颍河边的马鞭草

暴风雨不来了
乌云在家中梳头
颍河的镜子里传来许由的视频
巢父拿着充电器去往上游

柿果还挂在树上
预订了四个月后的飞鸟聚餐
许由的耳麦落下来
听见手表的指针正往回调

河水翻白浪，麦田起高楼
造湖的任务指定由挖掘机来完成
菜粉蝶不掩饰它的低级嗜好
几个斑点就是单位开出的证明

明天，枯木将跑步去操场训练
巢父将赶着牛羊参加真人秀
打个赌吧，马鞭草。

周口关帝庙里的雀替
——给于扬

"鸟儿飞翔，是因为它有重量。"

我没能找到这句话的出处，却找到了你
在横梁与竖材的相交处

向下的剪力没剪断你的羽毛
倾斜度也没乱了你的方寸
你在周口过得还好吧？
西边的那只伙伴已飞回山西，你知道
你只能驮着大殿跟空气赛跑
翅膀不能偷懒
你飞过沙颍河，与铁牛打过招呼
飞到鹿邑看老子回来没有
你哪儿都去不了，就等着我来看你
我捎来各地的鸟语、花生、坚果
还是不能替换你的角色
但我要跟你说已经替换的
现在的商人不信关公了，现代的关公
也不脸红了，现代的生意不在生意场
生意场是给菜鸟看的
其实，你也是房檐下的菜鸟
父母只是你的一双筷子，主要看你的运气
好不好。你可能不愿意听
那就说一些好听的，庙后的桃花开了
大叶杨吐出粉绿
沙颍河又要通航了，挖沙人去了外地
平了的坟头又长起蒿草
清明节痛哭的人比雨点少
我的青春去见了张益德，他冲我瞪眼睛
你还在飞，不停歇。

鹞子翻身

山顶比我早，石头起床更早
但并不是所有的石头都能吃上可口的早饭
这要看野花和野草几点钟去上班

松果晚于石头落地，我晚于一个决定
坐在这块石头上还是那块石头上
取决于你的心事是否平整

鹩鹧从五六棵松树后发出短电波似的高频
好似在发出警告，别靠近
坏人，你这个坏人……我毫发无损

它驮着小山飞向遂平，我感觉还是你感觉
我滑落到驻马店的一条沟里
真希望开花的油桐树拉我一把

我的眼神搜寻着鹩鹧，它又飞回树巅
小山仿佛从来都未动过
除了心跳和松鼠探头般的安静

说来惭愧，我从未属于过一座小山和一只鹩子
也从未真正归属于一座城市和一种生活
鹩子翻身——我从未有过这样单纯和一见如故的敌人。

洛峪群崔庄组

大海形成于它所发过的脾气
绝不输给无意识
发镭说，把大海的大字去掉，伪浪漫
——可不大又该怎么办？
我们渺小的事实已经证明不值得谈论
但我们以为星星一直在私下议论着
我们和时间的短长

现在，我站在八亿年前海滨的沉积物旁
层叠、断裂的碎片仍然在相互挤对

微古植物轻声的低语
不需要听见
不需要听见

也许有一天，海水将涌出地球
宇宙的眼睛夺眶而出的也许不是人的泪水
这有什么关系
这没有任何关系
但你得服气，没关系才是最大的群际关系
海洋缔造了人类冒进的意识
在我们日渐老化的膝盖上加盖了一条"减速行驶"。

野外事件：黄鼬

向我跑来——
这个名声很坏的小家伙
还没等我回过神
它瞪着大眼珠掉头就往回跑

这个平脑门
我好像在广场上见过
在派出所门口和新华书店旁边
坏名声传千里之外

它一定也嗅出了我是什么动物
并预料到了更坏的结果
之前，我没跨过的一个豁口
它是怎么渡过来的？

十分钟前，收起鱼竿的安徽小伙
占据豁口的位置
小道上一只黑鸟的残骸

让我百思不得其解

现在，我似乎猜到了凶手
华生说，这样的推断
一点儿也不福尔摩斯
就像我们吃过的鸡比它多得多
但你见过我们会打鸣吗？

春　夜

夜半为何醒来？
许是为了记住这一幕：
拉不严的窗帘，月光透过缝隙
照射我的脸，
仿佛露水滴下年轮。

我想起母亲、奶奶、姥姥、姑姑
——女性亲人，
她们离我比仙女座还远，
但今夜取消了距离
艰辛年代，她们轮流照看我入睡，
如一个衰老的婴儿。

一个地方

去一个地方
去到别人的希望当中
沿途的风雪击中我和山冈

阴霾是我认领的表情
透过白光和沉闷的节奏
我可以想到那些茶树浸着薄雪的脸庞

左手是我的麦地
右手是哭过一宿的稻田
没有什么值得大呼小叫的

不期待没发生的发生
我没去过的地方
已有我的气息在那里等候

现在，我认领了一条退出水域的小木船
它静卧在茶街的石桥边
船舱栽满了花草
仿佛在明示我：晚年是写青春诗的土壤。

灵魂的白

蓝天是一锹锹挖出来的
好夜晚堆放在一旁
你在写黑暗的信
收集房檐跌落的雨水
而灵魂的白在劳作
抡斧头的大胡子停住蜜蜂
从山里带回来的仙人掌
开出 24 朵
你告诉山里的风
后天才出发
让它吹得散漫些，拂动衣襟而不露肉
肉里的刺是一种记忆的矮化
认真了就会头痛
记下忠告
将铁的事实和日子磨细磨长
前天收到萨克斯来信

还未来得及回复
耳朵的海洋回荡乌贼的钟声
我真是服了你了
铁打的日子象征日出的困境
不是鸡蛋皮太厚,而是钙质的流失
问好,就这样
向怎么也抓不住的被缚的感觉致敬!

通往肖庄的一条狭长山谷

雨后,山溪汹涌,三处漫过漫水桥
前方修路,我们掉头两次
想去的地方去不了
那就随便走
走哪儿是哪儿
竟然走上5年前走过
又在记忆中关闭的一条路
那是条狭长的山谷
很适合打伏击
春天杜梨树似炮弹开花
无人管的桃红在山脚下肆意扮俏
我折过几枝,画过两幅写生
其中一张送给了朋友
最让人念念不忘的是杜梨树炸裂的那一刻
严酷的冬天终于完蛋了
整条山谷还有零星的枪响
仿佛我也加入其中
我会扔手榴弹,很远很远,看不见敌人
但能听到喊杀声
我并不是因为有敌人才去战斗
这是我的信念!

雨，手

江南的雨不急于一下就下完
阻止一些人出门
邀请某个爱好冒雨的人
单独谈心

总有一只手被伞占有
无论你怎样替换
左手更了解我
右手用于应付社会，干些粗活儿

可没有双手的田螺
爬上栈桥
吸附在木板上和缝隙间
反常的行为更容易暴露自己的弱点

苍鹭似微缩版的蓑笠翁站在
皮划艇的肚皮上
我想花50元租一条艇
在烟雨中横竖半天

"还是省省吧！"
脑海里忽然冒出维尔哈伦
20年前，我将比利时人的诗集
借给一位老教授
上个月，他刚去世……

我一手握伞，一手握着雨滴
还有几个20年
几个维尔哈伦遗落在别处

在雨抱紧我的那一刻。

内 听

你说你认识
小提琴拉得最好的那只蜜蜂
我从人群中来
闹哄哄
小道消息的传播者
躲在拱桥下
今天我出入过两个人的耳朵

更多的耳朵不是我家
不可能爱我
这些无趣的想法很碍事
事实是我从猫耳朵到驴耳朵
每个耳朵都没有失去个性

夏枯草站在溪谷边
向路过耳朵的作者们致意
堇菜饱满的颗粒比瞳孔的灼见还小
我有缩小的机会,播种的机会
这是我的帆,尽管无目的地

虫蚁同枯木谈古论今
蝙蝠在溶洞内制作吊床
小提琴来自结骨木,恐吓的夜晚
蜜蜂没有采回草药
人类的伤口溃烂而又甜蜜
尤其在美化、开发它为未来景观的时候。

仓房溪流

奔跑——溪流的口令
石头追赶石头
每棵树都是成长的碧绿
在光斑的荫翳处停留
那命运也会悄悄回头
40 岁的少年将远行
离开母亲
到大海的怀抱
但大海已经被人群赶走
白云投递的包裹冰晶闪烁
那命运也会频频回头
撞击着山崖
撞击着躲闪不及的草木
就像华兹华斯眺望他出生的湖区
亲爱的妹妹引领他脚步前行
我再读一遍:
"重逢的眼泪会流到一处"。[1]

曲园说诗,关于转向
——为曲青春而作

阳光高坐
黑松、黄栌有请
横断山脉下来的孩子
还会不断地临水
照见锦鲤在中原的汗珠里滚动

---

[1] 引自华兹华斯《序曲或一位诗人心灵的成长》。

一个眼神里有三重褶皱
青春的石头撬动目光的停留
那房檐不就是船帆吗
望天吼是甲板上的大力水手
黑松点头的水面
古典的水管安静下来

在秋光中航行
必不可少的是石缝里的神秘客人
它将夜行衣脱在僻静处
"白天要感谢,夜晚要当心"[1]
每一次转向都有偷听者的转述
摘句式的提示

尽管阳光把一切比喻为原野
我还是要躲到线条的凉阴里
通过重复性的饮水
园林层叠的吐哺
我忘记了复述一棵倒置在头顶的大树
根扎根于天空
一切关于诗歌勇猛的踉跄胜于下垂的成功。

大雨点

大雨从天而降,瞬息湮灭,
正如希望,一地诗篇
站起来几行。

它击打你脸上的沙丘,有几多重。
冷酷的抛物线,

---

[1] 引自保罗·爱吕雅诗句。

纷纷落入墙上的铁篮筐。

不管是天赋的副产品还是魔力的自贬，
螺刀在抽屉里时刻准备
与一切松懈进行纯理性的对质。

如同工作里有毁灭，接受暗示，
每一个念头里都有一次
美学的罢工。

为了更体面地怕死或者活过，从口头
开走嗷嗷叫的火车，
爱好似一副拐杖丢在角落。

雨水从天而降，
不断修正形体并转动手腕的注意力。
伞在别人手上，

沙子在你脸上。
这一刻，你才理解一首诗的干燥性，
为源于内在的饥渴重返沙漠。

跨年述怀

过去的12月一点也不婉转
在无锡，你与感冒谈心
坐在无心无肺的椅子上
冷雨不停地到访，查看地上的床单
一串熟睡的湿脚印
呆滞某只鸽眼的目光

你感觉这冷血统不够纯正

天意即用来反抗
不信你就去问问潦草和死胡同
返归腹地中原
熟悉的冷心满意足
被征用的身体仿佛遇见了君主

为自己狡辩：我的服从里有个不服从
我的不服从里有个服从不出声
一场零乱的雪
打花了梧桐、行人和街景
你眼中还是停不下来的车轮
朝着相反的方向
还有红灯等你去消解
还有残存的意义陪老人度过
纵然手套里的世界已经不再温热
感冒的夜莺仍要咳嗽不停。

冬天的鞭策

垂柳最悲怆的时候
我去河边看它
停止生长，不快乐
冷风不喜欢人言
没有鞭子的鞭笞在头顶炸响
阳光是另一只优秀的鞭子
抽打着不够猛烈
没有抽打的时刻多想被抽打
跑步，散心
拧紧肌肉里的慢钟
鸣响在二三座桥下

没有热闹可凑

那就看看流水是怎样失去的
那么多亲切的话语
带走泥沙的珍重
蓝色割草船停在河道内
一个机械的理想就是永不停顿
几条小鱼跳将出来
因为诱惑，寂寞不想长大
真正的大鱼都不住在水里
你见过树叶驮着鱼卵自驾游吗
在东方初现鱼肚白的时刻
我下好赌注
给天天刷脸的雾霾放三天假
——庆祝太阳的生日。

月圆日，寒风入窗

圆月初值夜班
厨房早有安排
朔风送来最好的腊肉
还想入杯，套近乎
其实，未必真入
怀中刀枪说来也不少
却基本无用

凡事莫认真
认真了就会相爱
拒它于玻璃般的干脆
不得青光眼
撵走雾霾之重
送人就礼让到天外
太空有火腿
人马座也爱吃大餐

画舻飞艇，请波涛的厨师下来。

包扎春色

雾霾不准备会间休息
一个农民闷头耕自家的地
愁眉不展的低空也该用犁刀划开

喜鹊应招战地女护士
沙地换肤的表情很不自在
春色需要包扎
冬眠的虫蚁还没有完全苏醒
就随羽毛飞到杨树上

幸运的瓢虫不在前8行出现
在小男孩的手心里
偶尔从半圆的壳中开启懵懂的天文台

天使应该看到这一幕
并做一个备忘录
不为陈述火烧火燎的事实
而是记下蒲公英是如何将一只野蜂
骗到床上的

话说，蒲公英做好了午饭
大批伞兵还没有从天上下来
包扎伤口的喜鹊听到树梢的提醒：
"寒冬不会自动离去。"

丁香花旁

夜里你做过一些事儿

大腿架设桥梁
感觉已完工
抽出小腿,你攀上河堤
走到七八丛丁香花的身旁

夜雨过后,花散落一地
夯实的泥土愈加镇定
即便你没有听到叮叮当当
叮叮当当也没有邀请你出席野餐会
天空举着锤头
事实已经忘记了投影

在一本阴天的书里
你遇到饺子和鹤岗
那个小伙子没有介绍羽毛
就站在你面前
丁香,丁香,夯实的泥土
你从梦境中撤出完工后的大腿
齐美尔也没有架设过这么好的桥梁。

群山中的水库和他的面孔

他向我描述
另一条路和附近的水库
后来他的面孔消失
我去到了他说的那座水库
没有他描述得那么美
可能我目光里的光圈同他的不一样
这不怪他
但也不能怪我
我在群山环抱的水库中看到了他没看到的
——他对我的影响

我在大坝上看到吃草的牛
牛身后的树和泛黄的白房子
日光穿过牛腿
将巨大的印象铺开在斜坡的草垫上
我在水库西边的山坡看到刚砍伐过的栎树桩
从远处看这座小山好像剃了个阴阳头
发型十分前卫
我知道这可能不符合他的审美
但也不一定
对此他可能一点都不惊讶，反而
还会觉得我大惊小怪
我确实没见识
他不会逼着我在这首诗里承认
我还是要感谢他——
他描述的另一条路和水库
尽管我忘记了他的容貌
在群山荡漾的水库中，不准确
依然是我探索的内容。

鹿邑，老子故里

一出生他就是两个人
三倍的努力
一步到位的衰老让万物没一点脾气
你说，你做不到
干吗要做呢
要做就像涡河那样随意来去

我从远处来
抄了高速的近道，即使在这首诗里
誊写一遍豫东的小麦
我还是不知道有谁知道

饱满的真实含义

粉碎的颗粒带来新能量
因为智慧园和幼稚园都栽种
同一种形式
铁柱开出鞭花
在旧衫比新衣还时髦的布会上
驱赶群山集体缺席

他一出生就是万物和三个待命的人
一个活着死去
一个死去活来
失踪者留下五千言作为失踪的证词。

天中山一日
——寄怀颜鲁公

这一天，颜鲁公受困蔡州[1]
离死仅隔一张纸
这一天，颜鲁公立笔为木
青鸟看见树影长出嫩芽，同他说家乡话

这一天，颜鲁公洗手，满手都是沙砾
一种折磨的必须就像取火的燧石
颜鲁公纵身向火，如果不被拦住的话
天上的彩虹就会多一条绷带

这一天下降了几厘米

---

[1] 兴元元年（公元784）唐德宗派颜真卿到叛将李希烈部传达朝廷旨意。颜鲁公明知此去凶多吉少，还是毅然前往。颜鲁公被李希烈扣留，后又被送至蔡州（今汝南城），终被缢杀于汝南。现在天中山碑上的大字，即颜真卿在汝南时所写。

理想的身高是承重之后的赑屃
将压力传导给俯卧的大地
这一天,李希烈想什么,没人关心

这一天,一直在等一场大雨
那时还没有宿鸭湖,但有野鸭前来报信
颜鲁公见来者便拜了两拜
无怪乎朱熹说他有忠而无智
但眉头稍微一皱便是大智若愚

这一天,颜鲁公气炸了肺
山崩了几厘米,死期不可再期
这一天,寸草从颜体中起身,看见了晨跑的学童
这一天是天上的一日,千年后
理想的身高并无丝毫增长。

捂出来的青春诗
——读森子的近作札记
/ 杜鹏

我是 2018 年才读到森子的诗。我刚刚回国不久,对国内大部分诗人了解都较少,河南的诗人接触更少。也是机缘巧合,我受诗人田雪封之邀参加诗人简单的随笔集分享会,森子是活动的嘉宾之一。我当时在台下,在手机上搜索着参加活动的嘉宾们的诗歌,读到森子的诗时,突然眼前一亮,原来河南也有写得不那么老气横秋的诗人。这就是我对诗人森子的第一印象,一个写"青春诗"的诗人。

森子常年居住在平顶山,又在当地的报社工作,对于一名以创作为己任的诗人来讲,无论是居住的环境,还是工作的环境,都显得"捂"了一些。我本人也是平顶山出生,在平顶山待到 4 岁就随家人搬到了郑州,每年都要回平顶山看望亲戚。在我的印象里,平顶山并不是一座让我有很强的亲近感的城市。作为一座主要依靠矿产资源的移民城市,和其他城市相比,平顶山并不是一座文化氛围浓厚的城市。在我认识森子之前,我是绝对想不到平顶山这么一个死气沉沉的地方还能有像森子这样有活力的诗人。从我个人的经验来讲,平顶山作为一座城市,这几十年其实是变化不大的,我小时候什么样,现在还大体什么样,因此在这样一个城市工作和生活,很容易陷入某种生活(或生存)的惯性之中,而这种惯性本身对于写作者来讲,则是一种天敌一样的存在。森子作为一名诗人,而且是一名以写"青春诗"为己任的诗人,如果没有极强的自觉意识,恐怕很难维持一种长时间的创作。但是,或许正因为平顶山这样一座自带"捂"的特质的城市,反而造就了森子在写作中自觉的"突围"。而这种"突围"既来自诗人自身的表达上的冲动,同时也源于诗对诗人的要求和召唤。

在谈论森子具体的诗之前，我想先简单谈一下，我对"青春诗"的理解。首先，我不认为"青春诗"是文学青年们的特权，年长一点的也一样可以写"青春诗"。虽然"青春诗"这样一种"标签"很容易和"青春期写作"联系在一起，但是与"青春期写作"所不同的是，"青春诗"更多地需要一种持续的好奇，而不是冲动。当然，我不是说"青春诗"排斥激情，而是"青春诗"的激情更多产自一种好奇心和挑战欲，而不是简单的冲动。这种激情的发生通常表现在两个方面，一方面是更向外的，尝试那些自己尚未触及的题材和手法；还有一方面则是向内的，对自身写作行为的持续性反思。归根到底，"青春诗"是一种走出自己舒适区的写作，就像攀登一座从未有人攀登过的山峰一样，就连作者也不能确定自己能写到什么程度。

当然，对于那些写作经验较为丰富，并有所"成绩"的诗人来说，写作的舒适区并不是单指相对宽松的生活环境，而更多的是指一种因"成绩"而导致的写作惯性。因为对于那些已经有一些知名度，并经常有所发表的诗人来说，他们很容易写出那种"刊物体"和"获奖体"的诗歌，久而久之，就会因为过于熟练，而容易把自己给写"油"。哪怕是在一个相对更专业，也更成熟的小范围内，因"熟练"而"被认可"也同样是一种诱惑，因为这种"认可"往往会对创作者自身的写作惯性产生影响，而这种惯性一旦失控，就很容易因"熟练"而失去写作应有的活力。对于有更大追求的写作者来说，这种因熟练而带来的诱惑，在某种程度上来讲也是一种陷阱。显然，森子本身具备这样一种自觉对这种"熟练"保持警觉的能力。正因为如此，森子一直是我在国内最期待阅读的诗人之一。

有一次和森子聊到诗，他说他追求一种"不舒服"的写作。而通过对森子这些年的作品（尤其是在一些刊物上发表的作品）的阅读，我发现森子对诗歌的"不舒服"的追求，首先来自对环境的敏感以及对于"进步"的警惕，如在《清古寺村》里的"我们迷信过进步，哪里知道退步也不容易／我们迷信过成就，不清楚失意才是钢筋折叠的诗句"，还有在《比喻》里的"我克服了风，伤寒的文字／文字也克服了我的感冒／就像李白克服杜甫,抒情诗／克服史诗"。像这样的诗句，如果从大部分读者的审美惯性来讲，肯定是相对别扭，以至于"不舒服"的，而这种"不舒服"主要来自这种"克服"之难。我们知道"克服"意味着较劲，不仅是对外较劲，更重要的是对自己较劲。像森子这样有着极高的自觉意识的诗人，他的写作活力，有相当一部分就来自这种对自身写作惯性的"克服"或"较劲"。

对于任何一名有志于写作的写作者，都多少需要某种执念。森子作为一名写作时间超过 30 年的诗坛宿将，我想如果没有某种执念，是很难做到这种持续的写作。但是对于写作本身，有时候执念反而会对表达产生阻碍，无论是对于题材、形式以及情感的表达，过度的执念往往会造成相反的效果，我想森子也深知这一点。从森子本人整体的诗歌面貌来讲，我想很多诗人谈起森子，都会谈到森子写作中"晦涩"和"试验"的一面，而这种"晦涩"和"试验"很容易被误认为是某种修辞游戏一样的炫技。我个人以为，森子的"晦涩"除了和上文中我所提到的对自身写作惯性的"较劲"有关，同时还和森子所处理的题材有关，当然还和他试图在写作中摆脱某种执念的束缚有关。有时候，诗人会因为写作惯性和写作观念的束缚，伤害诗歌表达自身的层次感，而据我所知，森子一直所追求的，就是一种有着层次感的、"褶子"一样的写作。例如这首《自我修复》，在我看来就是一首层次感很好的佳作：

自我修复

河水没看我一眼
眯着眼睛向东走
堤坝上
再没有我的父亲和母亲
十年前，在桥头
我为他们拍照
现在，我终于明白了
时间是个大骗子
我不能多想
泪水会将我盗空
水流不顾一切地前涌
不回忆，不做记录
可一切却记得流水的账
被管教的河床
不负责悲伤

> 堤坝上，只有别人的父亲和母亲
> 但我不能说我是个孤儿
> 昨日霜降
> 我走在破坏路上
> 与爱相反，爱是不能建设的
> 我触摸路边的杨树和梧桐
> 从根的自痛中领会肺叶的天空
> 我试着学会冷漠
> 石化自己的心肠
> 眯着眼睛的河水
> 只对投石者发回图像和回声。

这是一首森子写给自己父母的悼亡诗，这也是一首森子永远都不想写出的一首诗。我们写诗的人都知道，悼亡诗这类题材是最难写好的，因为诗人在创作的时候，很容易被情感的力量给压垮，以至于最后对诗歌本身产生伤害。因此，悼亡诗所考验的不仅是诗人对于语言的技艺，更多的是心灵的技艺。通常来讲，诗人在创作悼亡诗的时候，会选择已故的亲友作为"看不见的倾听者"，但是那种写法又是十分冒险的，很容易把诗写"伤"，从而使一场情感的浩劫沦为一场美学的浩劫。而森子这首诗难得就在于，他选取了像"被管教的河床""眯着眼睛的河水"这样的意象来作为自己的"倾听者"，通过倾诉对象的不断变化，使得情感在这首诗中呈现出一种弥散的状态。或许，那些读惯了传统抒情诗的读者，会觉得这种"弥散式"的抒情"绕"了一些，而对于诗自身的要求来说，这种"绕"却充分地体现出了表达之难。在这首诗的结尾，诗人把"学会冷漠"的自我比作一名"投石者"，而对于"投石者"的倾诉，"眯着眼睛的河水"则报以"图像和回声"，这种"图像和回声"既来自诗人的记忆与情感，还在哀悼的过程中展现出了一种罕见的想象力。就像诗人曾在一则笔记中所提道的："想象力的胜利才是诗的胜利。"而在面临着一场情感上的浩劫的时候，诗人用想象力在"自我修复"的同时，还维护了诗的尊严。

我想对于任何创作来说，如果说想要真正的"有效"，首先是要对自己"有效"，其次才是对读者，当然如果足够幸运的话，还能对整个艺术生态产生效果。因此，从这个角度来讲，创作本身就有着自我疗愈的功能。这首《自问自答》就是一首典型的"疗愈之诗"：

自问自答

为什么不疯狂？
我有理由，我有自己的药剂师。
我克制，在被允许的范围内，
偶尔越界也是快活的。
不然，我怎么会与你们在一起，
不然，我会和他们在一起，
——我的兄弟姊妹。
当我还会说"我们"这个词；
当我还在说"我"这个词；
只要我还能分辨
"我们、你们、他们、自己"，
我就不会幸福，也不会疯掉。
我不得不生活，不高于生活。
我写作不因为我快乐，
也不因为我不快乐，
就像快乐这个词无知无畏，
它和痛苦源自同一洞穴。
而我并不开凿山洞，
我只汲取属于我的那份儿渺小和伟大，
然后，将空药瓶留下。

从这首诗的气质上看，它首先呈现出来的面貌是相对"理性"的。在这里，诗人把创作比作"药剂师"，是控制自己"疯狂"的理由。但是，如果诗人仅仅停留在一个非常初级的比喻中，并向下深入的话，那么很容易就写出一首平庸之诗。而对于森子这样一名对自己有着极高的要求的诗人，"平庸"不仅不是"疗愈"，反而是一种伤害。但是，这首诗的可贵就在于，它在"疗愈"之余，还保留了"尖锐"，这种"尖锐"就在于对于"我们、你们、他们、自己"的"分辨"。而经过这种"分辨"和"疗愈"的双重锻造，这首诗有了一种"开凿"的力量。然而，在这个时候，诗人却在锻造出了一把铁铲的同时，放弃了对它的使用，反而捡起了药瓶，"汲取属于我的那份儿渺小和伟大"，最后，达成诗人理想中的和解状态，从而"将空药瓶留下"。

森子有一句诗，叫"晚年是写青春诗的土壤"，这句令我印象颇深。对于创作者来讲，一个理想状态的晚年，应该是肥沃的而不是贫瘠的，是一种拥有经验却不完全依靠经验，拥有判断也不完全依靠判断的理想创作状态。而通过这些年同森子的交往和阅读，我想他已经离这样的一种状态非常接近了。记得有一次我应邀去给某个大学生诗社讲座，有诗社的同学问我对于年轻人受"中年写作"影响怎么看，我的回答是年轻人写作最好还是要有年轻人的样子，年轻人的"不成熟"以及"夹生"其实是非常难得的。结果我刚回答完，诗社的同学就说，在我之前，森子来诗社讲座的时候，也说了类似的话。我想，森子所想写出的这种"青春的诗"既和我上文中提到的对自身写作惯性的"克服"或"较劲"有关，同时也和自己的写作冲动有关，而这种写作冲动来自对生活的好奇，以及对未知领域的探索。说实话，我作为一名对森子有着跟踪阅读习惯的读者，我有时候也会对森子一些在语言上的探索感到困惑而不解。在森子的作品中，有不少诗都有一种"未完成"的感觉，当然我更愿意相信这种"未完成"并不是一种具体操作方面的硬伤，而更多的是一种有意识的，或为读者，或为自己，或为诗本身留一些可延展的空间。我想，从这点上看，这或许和森子所提倡的"青春诗"有关。"青春"之所以可贵，就在于它的"未完成"。而"青春"一旦"完成了"，就很容易像是一块煎成全熟的牛排，虽可饱腹，但也称不上是美味了。而森子的写作之所以值得期待，其魅力也源于他能在一个近似于"全熟"的环境中，保持一种"半熟"的写作状态，而我对森子其人其诗的信任感正源于此。

2022年3月30日初稿 改于2022年4月17日

王冠和花影
/ 西渡

西渡，诗人、诗歌批评家，清华大学中文系教授。北京大学本科，清华大学博士。著有诗集《雪景中的柏拉图》《草之家》《连心锁》《鸟语林》《天使之箭》《西渡诗选》、诗论集《守望与倾听》《灵魂的未来》《壮烈风景》《读诗记》等。曾获刘丽安诗歌奖、《十月》文学奖散文奖、东荡子诗歌奖批评奖、扬子江诗学奖、昌耀诗歌奖等。

王冠和花影

在花园中,有一个瞬间
王冠的影子和玫瑰的
影子重叠在一起
一只蝴蝶在风中听见花影
羞赧地低语:"我的影子之王
我爱你,我要把我的初吻
献给你。谢谢露水上的风
带来姻缘。"王冠的影子
用同样的低语回答:"我的幽影
夫人,我也爱你,只是把我
带来这里的风,来自另外
的天空,我担心它很快
又要把我带走。"走向末路的
国王,没听见恋人的私语
他整了整王冠,沿着雕龙绣凤的
游廊,决然走向禁城的后门
在另一个方向,火光燎红天空
叛军的攻城锤正粗暴地掀开
红色宫墙的帐帘:廊上的国王
加紧了步伐。他望见了那树

西比尔的预言

当西比尔第二次烧毁她的
预言,小塔克文终于决定
出价,但迟到的慷慨无法
挽救罗马君主注定的命运

而一个诗人用他的诗篇

喂养壁炉，孩子们
在火光的映照中游戏
并不知道那火光中
减损的是谁的未来

焚烧的诗篇在火焰中
变灰，钢铁的城市变灰
深爱的情侣和他们的誓言
变灰。天堂变灰。大地覆盖
又一季的绿草，它的预言

那新生的火焰兀自燃烧。

塔中的达娜厄

一座塔孤立地耸起陌生的
空间，只有垂直的星光
望见那处女的面庞，仿佛
半空中摇曳的花枝。为了

靠近你的心，他必须变得
比空气轻盈，变化身形
为了靠近你绚烂的肉身
偿还那些思念的日日夜夜

他必须变成雨，和你的
下在一起；人间的江河
奔流不息，那天上的泉源
还在他黄金的后悔里哀诉

就在那时，你渴望的唇升起
衔接那雨：仿佛伟大的太阳

坠落你怀中,他在她里面消失
而她已经和万物交织在一起

圣 山
——为艾轩同名油画而作

在山口,三个人
一齐抬起了头
丈夫、妻子和怀里的孩子。
风的吼声从上方
一阵阵传来
快速移动的云
遮没了山顶。
半小时后
那里将有一场被记载的雪崩

我没有看见圣山
也无知于后来的雪崩
我只看见妻子的眼睛
明澈如高原的湖泊
被周围的雪地包围
一阵阵的风声
和即将到来的灾难
都无法改变
它深不可测的宁静

七夕之雨

雨下来得太快了。我刚从前门
送走友人,她就堵了我的后门。
她使劲地打墙,拍窗户
抱住阳台,对着我哭喊:

放我进来吧,我属于你。

但我不上当。我说:从没有
一个淑女如此追求爱情。
织女不会,秦娥也不会
如果你因为爱情拍打每家的门
那你活该吃闭门羹。

雨白了脸,甩给我
一连串的闪电。
她的手拍肿了
但没有停止的意思。

苔　花

站在一根针上
与荒原对峙;
像蚂蚁的触须
探触到空气中的雷声;
在蜜蜂的嗡嘤中醒来。

一滴雨,是一生的王冠。
一滴更大的雨
使它俯卧到泥土里;
天亮后,继续站在一根针上
眺望地平上的太阳。

攀附着最陡峭的岩石
升到我们无法抵达的高处。
当冰雪消融
在大地古老的皱褶里
锈出久逝的青春。

登山者贴地而卧。
从某个角度看上去
笔立的针几乎像一棵松树
挺立绝顶，树冠上有一朵花
对称于远山的一朵云。

蝉

在地下待得太久，动作
难免笨拙，幸运的是
背线终于裂开：从旧我
解放，完成又一次蜕变

垂直于树干，像体操运动员
平衡在空中；透明的两翼
慢慢展开，翅脉里的积液
回到体内，命中的黑暗退役

终于归属这光明的世界
从此我要拼命歌唱，只为
灼热的气候，期待中的爱情
这短暂的一季长于我的一生

交尾是命运的顶点，也是结束
现在我该排出多余的体液
在急速的飞行中寻觅
一个仅属于我的热烈的死

羊眼永恒

牧羊人拉开黄昏之门

接下洁白羊群，从天上
置入谷底的畜棚。

婴儿的哭声在隔壁。
垂直的光线望着
模糊如星丛的脸。

羊眼永恒，为人间守夜。

秋天的神明

奋力游向天空的神
模仿树林消失的姿态
远方的海把呼吸拌进
一年高过一年的雪山

摘下的果实收进盘子
如同施洗者的头颅
奇怪的爱燃烧，时光的心
她的甜，她的光展开

针叶林的白天和夜晚
如同一卷古代的卷轴
献给你多余的诗篇
如同火山，进入永恒的休眠

高云飘过，如同结队的天使
过路的灵魂回到
天上，如同人间肃杀
人间的庄稼在风中摇晃

雪晴之夜

星星的光线趋向陡峭。
身边的苦楝树爬高
如入睡的神灵,夜半伸张的肢体。

你孤立的身体,仿佛
竖立的矿井,围绕
斗柄旋转。天上的谈话

于此际不断深入。
矿灯,在地下深处
聚集了光和云霓。

失踪者的呼喊攀上
峭壁,被阵雨弯曲。
月亮,关闭的井口。

回忆石头城之夜

乱云推高雪峰以上的城垛
斜光下,落日的金狮
绑上山脊的弯角。号角燃亮
枯草。屠龙手腾出了手脚。

城门后,直立的街道
通往星座。从峭壁上
为爱人放下的两匹快马
敲响星光大道。

风　景

读一首诗，感到惊异。
旅途中一片奇异的风景。
道路催促我，使我无法停留。
后视镜中一闪，回头，风景不再。

杜　梨

铁锈的山岭上，野梨树
年年开花，结果，献给天空
和无。永不收回的光
年年重来，就像春雪
为了迎接春天而落下
就像爱情，为了分别而爱。

只有寂寞的铁飞机
在不由自主的航线上
曾向她遥遥致意

湖　上

天空和湖面一齐暗下来
风从四面进入
小船剧烈摇晃
像是水面下有一个顽固的力
决意把船掀翻
水是危险的，对于人类
它不喜欢陆上的东西
在它的胸腹间往来
有一次游泳过湖

在湖心遇到同样的天气
波浪一次次淹没我的脸
我想这下完了
水是危险的，但危险的
不止水
傍晚过马路
一辆转弯的车猛撞我一下
我们的房子也危险
脚下的大地不安稳
地下有另外的力
不高兴我们不停地
在它身上建筑，挖掘
引爆山体，它总想翻身
推倒人类的作品
这问题怎么解决
不能全听聪明的建筑师
你得自己小心
和水下的、地下的
那些顽强的力和解
不打扰它们的安眠
或者任由它们
痛苦地扭动，挣扎
把小船掀翻
把建筑推倒
把我们拖入水中或地下

鸟如何越冬

在这个最冷的冬天
我不关心蛇如何越冬
我只关心那些鸟，喜鹊
灰喜鹊、麻雀、白头鹎

野鸽子、乌鸫、山雀
还有乌鸦。寒潮过后
湖上的鸭子不见了
我不敢猜想它的结局
猛烈的北风在夜间刮跑
邻居的窗户，冻坏竹子
掠走竹叶里的水分
使它变色，枯萎
在以后的日子凋零
白天，鸟群回来，在
光秃的林间盘旋，觅食
栖停：冬天的树林
仍然是它们食物的来源
好像死去的母亲还在
乳哺它的孩子。反过来
也可以说，鸟群才是
寒冬里的精灵，守护
冬眠的树林。这多少
令人欣慰：玉兰的花芽
在寒潮中继续生长
密生绒毛的苞片
像婴儿的暖室，保护它
墙根下，迎春的枝条透出
<u>丝丝</u>绿意，细蕾微绽
泄露心里面隐藏的
点滴金黄。哦，无论
冬天如何漫长，春天
毕竟会来，心爱的鸟群
也会熬过最艰难的日子
就像此刻，欲雪的云中
筛下道道金光

土生土长的月亮

黄昏时,他在地里
挖到一个巨大的红薯
像一个神秘的宝藏
骤然开放,带着
大地内部潮湿的光芒。
1974 年,他 7 岁
兴奋地抱起红薯
跑下山冈
在转向村口的桥上
他迎面看到
一个巨大的、金黄的月亮
从山坳升起。
(和怀抱中的红薯一样颜色
一样大。)他惊呆了
抬头看看月亮,低头
看看怀里
把红薯抱得更紧
在石桥上,他注意到水中
映着另一个月亮。然后
怀里的红薯渐渐
放出光芒,变成第三个
月亮。土生土长的月亮

汲水记

你邀请我一起去山里打水。
我们俩各提着一个木桶,
翻过一座座大山,
在近乎垂直的山路的尽头,

你利索地摘掉
闲人莫入的木牌，
进入无人涉足的领域；
终于到达，它从大地深处
第一次把自己敞开给
空气和星光的地方，
也是云和草木分手的地方。
它就躺在它自己的安静里，
几乎像云的姐姐，
怀抱从未涉世的秘密；
在夏木浓阴编织的筒裙里，
它的深度几乎无法穿透
它的颜色近乎墨玉。
你一看见它，就迫不及待地
跪下去，俯身在它的上面
汲饮，就像山脊上
某种饥渴的动物；
新漆的木桶滚在一边。
我学着你，双膝跪下，
俯身，汲饮，
几乎把脸埋进去；
一股清凉的火焰从上
而下窜入胃肠
直抵尾闾，胜过
任何山外的名酿。
当我抬头看你，
微微动荡的水面上，
我们裸身汲饮的姿态
像极了一对双生的羔羊。

星光如秘密的果实
挂在松树的枝上。

山中笔记

阵雨之后,山中的青蛙叫成一片,
枕头里的青蛙也叫成一片。
靠山不吃山,我吃蛙鸣,吃鸟鸣。
头顶上飞机的轰鸣吃月亮,吃星星。
星星的碎片掉落,像种子藏身
夏天开葵花的菊芋和串叶松香草;
到冬天,在黑暗的土地里发光。

七夕与故友在山中眺望星空

我们年轻时候一起眺望过
的银河依然横贯头顶。
而搁浅的情人,谁也没有
渡过波光闪烁的河流。

当初谈论的话题
你我都不便重提,
就像被露水浸湿的
旧时妆,已收进箱底。

还记得那夜的星光
在你年轻的皮肤上跃动
像撑杆越过年龄的少女;

现在像一根针
掉进了山中阴暗的沟壑
听不见任何响声。

黑暗中的蒙古马

一匹老马艰难地扶起自己
在靠近大陆心脏的地方
在看不见的铁丝的围栏里
黎明前的黑暗从四面围拢
填满它努力睁大的眼睛
瘦削的颈骨弯成残月的弓形
鼻孔探向南方，那花草的
气息所来的地方
在它的周围草木萧疏
只有彼此纠缠的根
像黑色的引线
在冻土的下面翻身，伸长
似乎就要嘶嘶燃烧
远处，火车嘶鸣着跑过
那新生的声音让它
不觉退下了步伐

这是春天之前的时刻，寒冷
聚集在高原的底层
亚洲大陆的腹地
也聚集在它空虚的腹腔
几天前它已经停止进食
它抬头，望向那颗东方的星
似乎还在向它发出召唤
让它忆起那些草原和
戈壁上奔驰的日子
在开花的谷底和同伴
一起撒欢的日子
然而，它感到最后的时刻

就要来临：当黑暗的母亲
在流血中孵出光
它就要消逝，如草叶上的露珠
如眼中的星辰
如所有奔波者的一生

奔

风，在一个巨人的脑子里
不停地挠着，仿佛
巨人的脑子里住满了白蚁
那耳膜上擦擦的痒，那反面的
火焰，驱使他奔跑
在北方废弃的大地上

一个世纪的仇恨驱使他跑
他奔跑，卷入落叶的队伍
卷入人流、车流，卷入
栅栏里的牲畜，屋顶上的猫
一切都疯狂地跑起来了
朝向大海的方向
阳光被冻住了，如金黄的玉米
挂在上个世纪的屋檐下

在此之前，一切会飞的
全都飞走了：鸟群、风筝和噩梦
现在，一切有腿的
跑起来了；有轮子的都滚起来了
没腿的长出了腿跑起来
石头长出了腿跑起来
房子长出了腿跑起来
树木长出了翅膀，把自己射向天空

共享单车,汽车追上了奔跑的云
那留下的马,撞在南墙上
一只从星空里伸出的野蛮的手
撕掉了它全身的皮
要它记住——忘掉奔跑的结局

一个疯狂的巨人,一个脑子里
住满白蚁的巨人,像夸父
怀抱一个冷太阳,奔跑
跑出了地平线,跑出了大地
坠落,像消失的光
在那一刻,疯狂追过了他
代替他,在另一个世界,继续奔跑

龙德寺塔[1]

兀立的七层塔身
比时光正直
以正法眼俯瞰。
历尽兵燹水火
故得六面洞开。
解放的妖精
比白蛇虚无;
幽影飘满细雨中的小城。
挺身,她们就回来
环绕失去的飞檐;
孩子们的读书声
爬向半空,碰撞悠远诵经声。
笔砚指示文明,正直人
随身携带官司。

---

[1] 龙德寺塔,位于浙江省浦江县,建于北宋大中祥符九年(1016)。

黄昏聚满南山的宁静
定了神。
点灯后，就是一座星体：
光和光相遇，永恒和刹那相遇。

葬　歌

他们把你埋葬在冬日的云里
在泥泞的、脏污的水洼里
映着漠然的天空
在雨雪交加的铁灰的山岭上
迟钝而沉闷的牛群回到窝棚
在牛栏前一齐吃惊地回过了头
在响彻城市的尖利的哨音里
在蒙上了厚布窗帘的后面
失去父亲的孩子压抑住哭声
怀孕的妻子咬紧湿冷的被角
送别的人把你抬上了云朵
当他们一齐从山上朝来处瞭望
在南方和北方，今夜有一场雪
盖上了青葱的越冬的麦地……

雨　季

雨下不停，沙漏停止了计时。
人类向蛙的方向进化。
列车停在两站之间的高坡上。
雨柱的锤子砸着花样的玻璃。

钢铁载浮载沉，空气从肺里
被抽出。梦中人朝大海呼喊：
我们永远游不出这个季节。唉，

众多水下的徘徊者，曾认识我们。

恋曲四重奏

一

他和她
相逢在春天。她是快乐的
像一朵绯红的火焰拂过
麦田的绿廊；她在标尺前
飞身跳跃，双腿绷直
如一条带着闪电速度
的白线
跃过无数的目光。她是
慌乱的，胸前的蓓蕾
在众目睽睽下绽开
感到胸口
私养了一窝恼人的蜜蜂
她是忧郁的
因为流血而苍白
而悄悄涂红了嘴唇。
他是贫穷的，习惯在
山脊上，漏风的屋顶下
眺望银河和北斗。
他是强健的，劈柴的
高手，挥动斧子
解开树木的纽扣
从粗糙的、纪律的树干下
解放出白色的、芬芳的
自由的灵魂。他是孤独的
因为家庭的烦恼，因为
生活的重压。她是孤独的
因为无人知道的缘故

他们是孤独的,因为
他们的年龄和无知

她和他相逢在春天
布谷鸟在早上吟唱
笋衣层层剥露
在一场命定的
从竹叶滴下的细雨中
他吻了她的唇,她吻了
他的眼睛。麦浪起伏
碧绿而纤细的麦秆
像竖笛低低地吹响
两只鸽子追逐着
消失在麦地的深处
麦浪起伏,麦浪
悄悄改变颜色,麦浪
成熟

二
他们奔跑着
两道年轻的闪电
跃入了大海。

他追随海浪高高升起
落下,她追随他涌上浪头
与他一起坠落。无穷无尽的
汹涌的浪,无穷无尽的跳荡
回落……长时间地滑翔
长时间平稳地下落
听任海的势力。

精力无限的大海

起伏的黄金海岸，黄金的腰线
黄金的臀围
黎明时分，海鸥翻飞
追逐梦的碎片，多余的时间
的碎片……

无穷无尽的望海人
无穷无尽地望海潮
他们不望海，不望潮
他们站在自我的界线内
互相瞭望：白天和夜晚
望到彼此的深处
永不厌倦地望，望到
他和她的过去和未来
把彼此的内面和外面
晾在黄金海岸
海从蓝色的一面
翻到白色的一面
直到海风吹着
望到黄金的大腿深处最细密的
绒毛，落入夕阳

他涌起，他落下
她追随而迎头赶上
骑上他的浪头
她的呼救惊心动魄
他的拯救恰到好处
未来就是现在，就是
使劲攥紧彼此起伏
的精力，永远不被落下
永远攀升到对方的最高处
就是海，就是一曲

永恒激动的海之歌

无穷无尽跳荡的海。

三
他们拥抱着睡去
醒来已彼此分开

午夜时分,急骤的雨
落在空心的城市
并排的屋顶
仿佛无法拢岸的船
漂浮在海上。灯柱摇晃
闪电照亮甲板上
水手忙碌的身影
花园中的树木
一会儿飞在空中
一会儿沉落海底

他醒来,从她的身体
抽离
他醒来,听雨疾驰
听风挥舞闪电的鞭子
抽打阴郁的、孤独的树木
想着浩渺的心事
她醒来,感到自己
独立在风雨中
像一所漏雨的房子
一些活物在逃离
一些在往高处迁移
他假装不知道她醒着
她假装不知道他醒着

一张床，在暴风雨夜
也是一块孤独的甲板
一夜大风，把她和他
吹向不同的海岸

四
她习惯了枕头的
另一边空着，但没想到
双人床空出的一半
会如此广阔，犹如神转身离开
留下巨大的天空的后背

睡眠是另一个
坏脾气的神
它的来临压倒一切
像一场世纪的台风
向你证明，迷惘的等待
有一个暴烈的结局
它的坏脾气在于
谁追求它，谁就注定失去它

她醒在长夜
一片无穷无尽的
雪原，冰冷、枯寂
没有麦浪，没有海浪
没有追逐的海鸟
没有起伏的波峰
和浪谷
曾经淹没她和他的热雨
冷却了
变成了无穷无尽的雪

随风刮过
絮叨如早年的母亲
用残酷的语言打击她

洁白的床单如此广阔
像无神的遗骸
裹着她洁白的
失去温度的身体

"幸福的诗学"
——西渡近作的一种诗学取向
/ 王辰龙

二十世纪三十年代，借为《中国新文学大系·建设理论集》写导言的机会，胡适想起了些新文学发生期的往事。按照他的说法，当初的文学革命引发最多争议的文类是诗与戏剧。至于个中缘由，胡适分析道："这是因为新诗和新剧的形式和内容都需要一种根本的革命；诗的完全用白话，甚至于不用韵，戏剧的废唱等等，其革新的成分都比小说和散文大得多，所以他们引起的讨论也特别多。"胡适主张以白话和自由体去置换古诗的文言和格律体，同时也提示出每个历史阶段的"当代文学"与传统之间可能产生的关联。百年有余的新诗史上不乏尝试借用传统的作者，从较为宽泛的意义而论，他们倾注心力的方向主要有两个方面：参照古诗的声音体系和形式感，为新诗设计格律化的方案；抑或在诗艺、文学精神等具体层面上对古诗有所借鉴。暂且不论尝试者的成败，他们提出的理论、展开的实践却凸显出另一些值得反复追问的话题：当代诗人是否必须在作品中对传统进行回应？强调传统在文学书写代际链条中的延续、变形或转化，其现实针对性究竟何在？毕竟，艾略特（T.S.Eliot）早在《传统与个人才能》（卞之琳译）中揭示过误用传统的情形："如果传统的方式仅限于追随前一代，或仅限于盲目地或胆怯地墨守前一代成功的方法，'传统'自然是不足称道了。"如何有效地回应上述话题，如何不落艾略特指出的窠臼，新近问世的西渡诗集《天使之箭》（上海教育出版社，2020年）提供了一些可供讨论的例证。这部诗集涵盖了诗人2010年以来的新作，包括短诗、组诗、截句等不同体裁。其中，《故园，心史》《返魂香》等组诗，以及100多首截句，与传统展开了对话。

不妨先谈谈诗人的截句创作。这些没有题目、只有编号（从"0"到"101"）的诗作，在文本建制上最多四行，最少则只有一行。诗后附有西渡写作的《附录：截句的可能》，追溯了创作的动机——源自一个夭折的短诗（被策划者命名为"截句"）选集出版计划，同时也描述了新诗史上的短诗现象，诗人写道："短诗的体制对于诗人的诱惑始终存在——如何在尽量少的篇幅内达成诗歌的震惊效果，面对这种挑战，多数诗人在一生的某个阶段都会有所尝试。事实上，类似的短诗写作在当代诗歌中一直没有断过。北岛的《太阳城札记》是一个起点，顾城也写过类似的东西，西川二十世纪八十年代在《滇池》上的《西氏春秋》也是一个尝试，海子、骆一禾名之为汉俳的也是，戈麦的《给今天》《短诗一束》也是"；"新诗草创时期，也曾经有过小诗运动，而且产生了不小的反响"。反观古诗，在极其简省的篇幅中精确地做到状物、传情与表意，且常有出人意表的奇思，这本就是其长处。有种观点认为新诗的出现源自现代人的处境、心境较之古人都愈发复杂，绝句式的体量便不够用了。当然，自新诗发生以来，有些作者在文本的容积与修辞的繁复程度上都走向了空前的纵深，但这并不代表短诗已失去存在的意义和空间。至少在西渡看来，短诗的可能性还远未穷尽。他不以古今截然对立有别的眼光看待新诗与传统的关系，他选进诗集的短诗（"截句"）也有着绝句般的势能：这并不是说"截句"在写法或情调上充满旧日的美感，而是指它们能够以极快的语言速率切入日常生活的某个场景或是生命体验的某种时刻。具体而言，西渡的"截句"有三个特点：一是精确，在几个词句的连缀中便能把境况勾勒清楚；二是主题集约化，没有在瘦小的文本里做主题的填鸭；三是恰到好处的意义呈现，能贴切读解出人事风物的意味。

西渡写作"截句"时不拘一格。比如，他会写清晨时的气氛，把对声音的体验转化为视觉上的形象（4：鸟鸣如花／开在早晨的树上），也会从自然事物中读取特定的信息（34：鹭鸶啊，伸出你的脚／在空的弦上弹奏／盛世的哀音）；再如，他会观察生活中遭逢的他者，由众生的形色体悟到命运的流转（17：农家的少女举着一树桃花／走在田间的时候是美的／当一个农人举着一树桃花／回家的时候，是悲哀的），也会仅以白描的方式记录下别有意味的画面，做一个看破不说破的沉思者（43：你在人群中一眼就认出／那个离了婚的女人／孩子看到她的脸就哭了；72：一个好价钱／让他们卖掉了／村口所有的大树）；此外，他会回忆往事（24：童年：有白杨和池塘的风景／寂寞夜晚的星星／我是其中一个的孩子／眺望过宇宙的边境），也会慨叹生命不可逆转的消逝（8：姐姐们都老了／我独自返回／空无一人的故乡；41：风在我们的身外呼啸／年龄在我们的心内沉默）；最后，他会为因历史或现实而起的空虚、恐惧赋予可视的具象（57：世世代代的羊群被屠杀／活着的羊对人类并没有戒心；73：他完全在撒谎／人们用掌声配合他／这一幕上演了几千年），也会把个人的体验凝结于格言式的字句之间（64：活过了那么多的死／我再也不怕活着）。可以说，"截句"与传统的对话在于写法背后一种诗歌思维方式的相通。与之相较，第二辑的《故园，心史》《返魂香》则更为打眼地显示着与传统的联系。在诗集"自序"的最后，西渡就这两组诗发表了一番"传统观"。他认为，传统与历史并非全然与今有别，它们是鲜活的现实：这不仅是指古诗作者身处的世界与当下的情境或有雷同，更意味着伟大作者应对人事世情时的诗学方案蕴含了有待重现的当代意义。

可以说，《故园，心史》是西渡上述"传统观"最为集中的一次呈示。这部由六首诗作构成的组诗，除最后一首《高启》外，前五首（《陶渊明》《谢灵运》《杜甫》《李商隐》与《苏轼》）都以"我"作为抒情主体，这些或可命名为"诗人传"的作品用第一人称的独白口吻重现了伟大诗人（同时也是古诗传统的重要构建者）生涯中的关键阶段，期间不时穿插着他们作品中为人所知的主题和标志物。比如，《陶渊明》有辞官归家、躬耕、酒与自然，《杜甫》少不了国破、逃亡与贫病，在《苏轼》中诗人则写到梅花、竹林、茶、父亲、兄弟与流放。西渡充分调用了诗人们的"本事"，着重叙述"本事"中的困境时刻和艰难情形，向读者暗示出一些尖锐的问题："我"的困境，其成因与表现具体是什么？"我"在面对艰难的状况时究竟应该作何判断，又该怎样抉择？当人性在某些特殊乃至极端的境遇下显示其存在，结果往往不可预测，是朝向恶，还是秉持善，或是长久地摇摆于两难之间？在上述拷问人性的"诗人传"中，西渡采取舒缓的、充满耐性的叙述口吻，用丰沛的细节对诗人们的生活境遇做具体的重现。比如，对陶渊明来说，现实是"人应该回到家里，和植物／一起生长，让鸡、狗和牛跟随我们。／院子里该有一口井，那是人伸向／大地的根；炊烟升到空中，那是／房屋的翅膀"；在李商隐这里，是"辽阔的夜。这晚来的雨下得／越来越急。帘外，是冷的世界；帘内，是微温的新。一点灯光／照着我渐醒的心，一杯残酒／加热我的梦，又一点点冷去"；苏轼遭遇的则是"途经的每个／驿站都成了明亮的记忆，而我／爱上了中国壮丽的山川。为此／我宽恕所有的政敌，他们的阴谋／和陷害让我饱览了最遥远，也最奇异的风景"。随着境遇慢慢清晰，诗人们对何为良好生活的设想、实践，也因针对性明确而变得雄辩。

所谓针对性明确，是指诗中第一人称的视角使"我"内心世界的每一次波动和每一回笃定都关联着具体的现实，对爱和美的坚守，对良善的向往，也都并非空谈或玄思。换言之，在西渡讲述的诗人往事里，文所载的道，诗所言的志，无一不是一种对日常生活的实践。比如，饥饿中的陶渊明仍声称自由和满意，这是因为"官场的不堪有时甚于／挨饿"，即便"他们说，你不能让孩子和他们的母亲挨饿。也许他们／是对的，口腹的需要压倒了／道"，可是"人们习惯了这样，但我／感到耻辱"；因爱倍感挫败的李商隐没有任由自己在颓丧中下坠或妥协，这是因为"也许，梦就是我们内心的法则，／一片内在的星光璀璨，诉说／另一种非人的语言。人间的权势，／人间的笑，甚至人间的泪，／都会变质，只有它永远新鲜，／带着最初的神秘和光"，"我要以我一生的谬误反驳／他们教科书般永远正确的一生"；当苏轼看到"弄权的／继续弄权，醉的醉，歌舞的／歌舞，瓦舍勾栏依然万人／空巷，装圣人的继续装"，他感受着切肤的愤怒、恨意，却不曾任由愤怒和恨意占据内心，这是因为"世界是好的，一些人试图把它／变坏。变得无趣"，而"生命值得拥有，它让我喜欢"，"这世界该多一点温暖。这是／最好的道理"。《故园，心史》是一个当代人对传统做出的再解读，西渡的动机和意图在于告知世人：不论是陶渊明的"劳动"和"酒"、谢灵运的"山水"，还是李商隐的"夜雨"和"花烛"、苏轼的"大地青山"，这些为人熟知的主题或形象对称着最坚硬的现实，它们成就了流传至今的诗文，也彰显出人在抵抗敌意时继续佑护真实、良善、至美的意志。对此，诗集自序中西渡予以的命名是"幸福的诗学"："诗是对生活的渴望，这种渴望的力量是赞颂的力量。生活所赖于建立的东西才是生活的真实。诅咒不能建立生活，唯有赞颂建立生活。"

《故园，心史》中的《杜甫》一诗正是对"幸福的诗学"的实践。这首作品在结构上有着设问句式的设计：在文本的开端，"我"追问着"光"是什么；全诗进入尾声时，"我"找到的答案是"光"是"诗歌"。换言之，整首诗的推进便是答案浮现出来的过程。西渡先是极力渲染"黑暗"对"我"的围剿，前有国破家亡之际，"所有的人都在逃。／狗在逃。马在逃。房子在逃。河流在逃。桥也在逃。逃，／是一枚飞不出去的果壳儿，把／男人和女人的心关在它黑的内部"；后有风烛残年之时，"坐在黑暗里，像坐在一艘／漏水的船里；我一生都没有离开这船，/漂浮在祖先的河流上，盼着大地放晴；船外，是隐伏的仇恨和杀戮。风在／呼啸，带着对人的难以言喻的轻蔑；／冷，是彻骨的湿和冷，围困船内／渐渐暗下去的烛光"。诗中的杜甫忧心着世人会在"黑暗"中习惯暴力，由此失去反思残忍的心性。与"黑暗"相对，杜甫的诗歌记录着"走过的每一个地方"与"那些相互惦念的人"，当他把"春天来了，草木／浴血生长，杜鹃啼血，而农人们／仍在耕作"写进诗中，便使"伟大的生存意志"有了永恒的文学纪念碑。"诗歌"是能够使"黑暗"不至于淹没整个世界的微光，正如谢默斯·希尼（Seamus Heaney）《个人的诗泉》（黄灿然译）中的诗句所言："我作诗／是为了看清自己，使黑暗发出回声"。对西渡来说，传统是座"故园"，重访它的初衷和目标并非猎奇、考证或在模仿、借鉴中制造几首可供赏玩的诗作；传统最终具化为伟大诗人的"心史"，贯穿其中的则是爱这个世界的能力和责任。西渡在重审传统的过程中验证着"幸福的诗学"的可行性，他先描述现实晦暗的一面如何成为诗人的日常，继而揭示出传统的塑造者如何避免被黑暗、仇恨和暴力同化。他的验证足够有理有据，组诗本身也有了诗学反思的品格和深度。

若以《故园，心史》为原点去重审《天使之箭》中的其他诗作，便会发现西渡主张的"幸福的诗学"并不意味着写作者要将所有的焦点集中在美善之上，而有意回避当下现实的沉疴。赞颂也好，热爱也罢，只有确切地发自肉身的重负或是源于对恶有所意识、警惕，它们才具备力量。比如说，诗集中的《擎云——纪念骆一禾》《当代英雄》《理查德·罗素》《席地而坐的大象》便是直面"死亡"这一对生活最为严重的诅咒与否定，以确证活下去的意义。不论是悼念友人还是纪念陌生人，这些作品都隐含着一种作为幸存者才会发出的疑问：究竟是什么原因使曾经热爱这个世界的人意外离开或主动赴死？只有试着理解他人的死亡及其深刻的死因，才能够确知活下去必要承担的是什么，随之而来又能得到哪些人间的馈赠。对此，西渡在《你走到所有的意料之外——悼陈超》中有过动人的解释："关于死，我也曾经／认真思量，在戈麦自沉后的一段时间。／但我还有不舍，还有不甘：这世界／不该就这样交给他们；我们活着，／就像一颗颗嵌入时代肉身的钉子"；"我还要活着／在这个不完美的世界上，陪伴亲人／和不多的几个朋友"。事实上，为伟大诗人作传与写作悼亡诗都显示出西渡书写"过去"的能力。仅就与过去的诗学对话而言，古诗无疑是一个悠远的大传统，而新诗或也在百年演变中形成了些许亲切的小传统。当下的诗人们如何理解胡适时代的白话诗？距今不远的八九十年代诗歌是否会启发他们或引发后来者的焦虑？在二十世纪九十年代形成独立诗歌声音的西渡，有时会被宽泛地归入"知识分子写作"群落。观察所谓"知识分子写作"关涉的观念、实践在《天使之箭》中有着怎样的延展，或许能从中发见"九十年代诗歌"及其涵盖的诗学意识、诗学方案在21世纪以来发生的变形和转换——当然，这已不是本文所能够承载的话题。

组章

我并不期望愿望全都实现

/ 李琦

缙云山一日记

那一天，缙云山上，诗人雅集
傅天琳发言，她的重庆口音
是这么好听——
天下的山，我最爱缙云山
深情的告白，连山风都为之鼓掌

我想起，三十年前
我在缙云山问路
一个年轻的女孩子轻抬手臂
你就跟着那条水走！
那一瞬间，我神情恍惚
诗人傅天琳，当年，是不是
也在这里，给陌生人指路
她那时十六岁，果园女工
青春的脸上汗水涔涔
一双大眼睛，清澈而透亮

如今，已是祖母的天琳
早已成为一棵诗坛的果树

动人的诗句,就是她的果实
她是诗人,也是缙云山的女儿
知恩图报,她还像从前那么踏实
一行行诗句,回馈着
当年的土地、阳光、雨水和养分

2020年深秋,一群诗人们
坐在缙云山上喝茶
山河如画,江水不舍昼夜
我们从细微的往事,说到辽远的未来
缙云山云雾缭绕,这山岭神奇
明明环抱着我们
却同时让人,憧憬和仰望

被冻住的船

那些船,被冻在松花江边
一声不响,看上去
像一群逆来顺受的人

它们用整个冬天来回忆
那在大江里航行的感觉
仲春和风,盛夏艳阳,深秋的星夜
当船头划开波浪,那种姿态,那种声音

作为船,比起南方的同伴
它的体验更为多元,甚至接近深邃
肃立严冬,知晓季节的威力
那被形容为波光粼粼、随风荡漾的大江

一到冬天,把心一横,竟坚硬如钢铁
任凭汽车、人流在冰面行走

而骄傲的船只，它的浮力此刻毫无意义
只能接受冬天的苦役
如老僧入定，一动不动

寂静的松花江之岸，北风料峭
行人稀少，只有那些冻住的船只
在回忆，冥想，闭关修炼
漫长的冬天，让它有机会
一遍遍体会自由的含义
它必须耐心，在此扩大自己的心量
等待轮回，静候冰消雪融

仰　望

卢舍那大佛像
和你对视的瞬间
我再一次和从前一样
堕入感动的深渊

伟力的显现，竟如此安详静美
毫无声张的智慧，让人晕眩
一瞬间，我找准了自己的位置
在低处，谦卑、虔敬地仰望

仰望鬼斧神工的奇迹
仰望心愿造就的气场
仰望神灵的雍容之美
仰望，原来也是一种法门
我以仰望之姿，看到了高

路过少年宫

少年宫，三个字已经足够
让我驻足。三个琴键，按响了往事
时间倒转，昨日重来

我们十二个女孩子
正随着钢琴起舞，有人错了
又有人错了，无数遍练习
仅仅是一个出场，老师目光凛然
谁也不许错！你们就是一个人！

十二只小天鹅
十二枚树叶
十二朵雪花
十二棵小白桦

如今，十二个人里
有祖母、外婆
有伤痕累累、不肯再回忆往事的人
有早已改变国籍的故人
有连站立都成为奢望的患者
还有人，已经变成墓碑上的姓名

我们曾是一个人，"红领巾舞蹈队"
最终，以不只十二种方式
各自飘零，经历不同的战栗
承担属于自己的命运

而那"少年宫"三个字，依旧冷静
甚至神秘，苍茫世事中，成为旁观者

此刻,它又看着我重新变成当年那个孩子
单薄而天真,正望着老师
她优美而严厉,来!孩子们
你们想象远方,抬头,再抬,往远处看——

我迷醉于这些节气的名声

我迷醉于这些节气的名声
惊蛰　清明　谷雨　芒种
立秋　白露　霜降　大雪
这些汉字写着好看,听着入耳
怀抱清风和雨水
柔软的草茎,洁白的雪
笔画之间,次第站起
怀抱五谷的农妇
秉烛夜读的书生

我们的祖先,多么古朴风雅
他们站在从前的大地上
襟怀辽阔,目光充满好奇
对天地万物,体察入微
又深怀敬畏之心

一个民族的根部,就这样
敦厚、智慧,连细枝末节
都饱满而发达
积攒了历经千年的沉稳

权力或者地位
都不能让节气消失
高贵或者卑微
也不能离开节气的抱拢

我出生在清明时节
或许节令使然
对于流逝或者远去的事物
我始终保有敏感
我经常会陷入缅怀和遥想
那些逝去的亲人、世上的好人
还有，我的祖母
她如今已变成明月的清辉
我总是会想起她微风一样的感叹——
清明好啊，清明一到
清气上升

诗　人

大雪如银，月光如银
想起一个词，白银时代
多么精准、纯粹。那些诗人
为数并不众多，却撑起了一个时代
举止文雅，手无寸铁
却让权势者显出了慌乱
身边经常有关于大师的
高谈阔论。有人长于此道
熟稔的话题，时而使用昵称
我常会在这时不安，偶尔感到滑稽
而此刻，想起"大师"这两个字
竟奇异地从窗上的霜花上
一一地，认出了你们

安静的夜，特别适合
默读安静的诗句。那些能量
蓄积在巨大的安静中

如同大地，默不作声
却把雪花变成雪野

逝者复活，这就是诗歌的魅力
一群深怀忧伤，为人类掌灯的人
他们是普通人，有各种弱点
却随身携带精神的殿堂
彼此欣赏、心神默契
也有婚姻之外的相互钟情

而当事关要义，他们就会
以肉身成就雕像，具足白银的属性
竖起衣领，向寒冷、苦役或者死亡走去
别无选择，他们是诗人，是良心和尊严
可以有瑕疵，可以偏执，甚至放浪形骸
也有胆怯，也经常不寒而栗
却天性贵重，无法谄媚或者卑微

在彼得堡看《天鹅湖》

静静地坐进剧场
坐进了一片树林
隐隐有乐声传来
我闻到了湖水的气息
无法不热泪盈眶
多么好这世界依然需要纯洁
纯洁的奥杰塔翩若惊鸿
正在用清冽的湖水洗浴
台上是天鹅的翅膀
是经典的正义和爱情
台下是安静的人群
长睫毛下

一双双温存漂亮的眼睛
这已是一种仪式
我们共同守卫着美好
剧场变成了神圣的家宅
肮脏和丑陋
无法迈进
物价飞涨
涅瓦河畔
却永远有
默默地领着孩子
走向天鹅湖畔的母亲

冬天,我不愿出远门

冬天,我不愿出远门
出于一种舍不得
我怕错过一场又一场大雪
尤其是,可能最大的那场

我习惯守着寒冷
就像冷,在四面八方
年年看护着我

隔窗观雪。看大雪
一朵又一朵,雪多势众
却从来悄无声息。这是
多大的内力,相当令人寻味

嚣张的人,在这冰天雪地
也渐渐气焰平息。寒冷
让人显得老实,风雪之夜
慢性子的人,也步履匆匆

冬天，哲学家的季节
也是诗人的季节
他们缓缓地，进入了沉思，
犹如树，沉默着，肩头靠着北风

一支笔

扔掉一支写坏了的笔
三分钟后，我若有所失
又把它拾捡回来
一支普通的、用了两年的笔
黑灰相间，书写流畅
帮我在纸上留下汉字
在我的生活里留下痕迹

这支笔精力旺盛
从不萎靡或困顿
它知道我的一些底细
常和我一起，夜不能寐

尤其今年，它随我去过北欧
在瑞典，我坐在海边
刚写下"那些海鸥"
它们就忽地一下朝我飞来
以至于我不敢再写下去
我是那样的人——
并不期望愿望全都实现
我习惯了等待、失望和不停地幻想

现在，这支笔，我个人的文物
我将把它自行收藏

许多年后，它会被谁信手一扔
没有关系，那时，我早已经
被命运扔到了更远的地方

（选自微信公众号"原乡诗刊"2022年5月23日）

朴素之物已很少
/ 赵雪松

长　江

　　眼前的江水开阔、蜿蜒
　　像一个人在世上行走

　　没有白鹭，只有白烟
　　从两岸工厂的烟筒上起飞

　　吃水很深的船
　　像一片片落叶压上整个秋天的分量

　　我没有万里心，我只看见：
　　逆水而行的船，吃力、缓慢，正咬紧牙关

心　跳

　　深夜岑寂
　　我听见自己的心跳
　　像一头遗世孤立的小兽
　　在树林间隐逸
　　有着夜空微微的蓝

仿佛来自遥远的星

当白天我融入万物
则它进入树木、街道、人群……
在其他生命里发出回响
但它知道自己
发源于某个深夜

瓜　州

我是一名苦役犯
住在瓜州村庄：
六工村，七工村——十四工村——
这些名字就是我的来历
汉字在这里变得极其简陋
像这里的戈壁一样荒凉
这些汉字就是我的表情
在这些笔画里
我仍然是戍边苦役犯
修长城的囚徒
镣铐发出的"哗啦、哗啦"的声响
仍然在我脚上

黑　暗

走着走着人散尽
树影摇晃像在招魂

身前身后的黑暗合拢于我一身
像蜂箱中安静的蜜
翅膀敛息，心潮澎湃
我用寂灭

才能融入它的浩瀚

走着走着就走成自己
月亮升起，那么圆满、辽阔

雪

雪花留不住
但其志向已化为大地上的文字

窗前植梅，心中种松
行辽远之事

足迹留下，又融化不见
酒杯里却活着旷野上千万年的人来人往

下雪是天地在诵经啊
守护虚无——我们的性命，并聆听

雪花留不住
人就是一片雪花，洁白、短暂、永远……

妈　妈

妈妈要打死那只飞进屋内的虫子
我说，让它活着吧，外面很冷

妈妈在我小时候就劝告我
不要伤害小动物
她自己却忘了
这是艰难人生把她带走了

针

　　一根针掉在地上就找不到了
　　离开了线，顶针
　　就孤独得几乎不存在

　　现在也很难
　　再找到朴素如一根针的东西
　　人心里也没有它——那种直来直去

小风赋

　　在燠热天气
　　我要感谢那一阵风
　　带来凉意
　　它很小，仿佛芽苞
　　在我身上写小楷
　　一笔一画的细腻
　　我要感谢这伟大的修行者
　　默念经文里的广大
　　透过皮肤进入骨髓
　　一个不散的源头
　　丝丝缕缕，像失散的亲人归来

二月

　　漫长严寒即将过去
　　我一遍又一遍地抚摸
　　这些老友似的树——在河岸上
　　我几乎抚摸过每一棵
　　此时，稀疏的林子

树枝萧瑟、孤硬
雪，落在枝头贫寒的芽迹上
虽然尚无春意萌发
但古老的召唤已经发出
尤其那些无声无息的枝条
看上去仿佛已经死去
其实那是虔诚的默念、祈祷
是我的归去来兮

暮　春

从饭局嘈杂中溜出来
我大口呼吸青草香气
夜色灯火闪烁如醉眼
而我也面目不清

暮春，荒废感深深攫住我
飞絮漫天，早开的花
已寥落成冢
我看不见树在长高
河在奔流

我听不见鸟鸣
看不见野草掩埋足迹
不能跟随蜗牛巡视草叶
我不能融入它们

久未抬头看天
此时星空如思
我想在青草上重写
对生命曾有的诚恳
可她已飞入更高夜空？

草

树林里都处是草
我是其中的一棵
低矮,柔弱,无知无觉

只有当狂风像一只手
企图将我掳走
疼痛的撕扯让我懂得
我的归属所在

大 树

这棵大树的根
被砍断了
但它还好好的
蝉在鸣叫
鸟儿继续筑巢
这棵枝繁叶茂的大树
不会轰然倒地
但叶子会逐渐发黄
枝干会慢慢枯萎
就像我们看上去好好的
腐朽却已不可逆转

(选自公众号"第二场雪"2022年6月17日)

黄昏的这阵麻雀
/ 陈小三

日光城

与我们共用屋顶的麻雀叽喳时
天亮了：入冬以来我们喂养的小鸡
在等待今天的第一把米

乌鸦嘎嘎地飞临屋顶时
日出，温度最低的一刻
（如果日不出，没有如果）
懒猫在窝里梦呓，呼呼大睡

隔壁阿妈早一小时就出门了
走路又坐车去拉萨转经
曲桑寺的阿尼做完了早课
将黑底的大水壶放在太阳灶上

高寒而热烈，天穹里移动的金顶
足够多的众生添加自己
桑枝，使它烧得更旺更高
并持续至日落（如果日不落？
——日落时辩经的题目）

冬日里长达半天的夏日
人们在热烘烘的街道、广场漫步
抽动鼻子嗅着加热的空气
在甜茶馆露天晒台的遮阳伞下
喝下甜茶，打量四周枯山如海滩

我从星光下的吉苏村跑上
加尔西村，像一块牛粪
被那头藏北的金丝野牦牛
哞的一声，拱翻在田野里，点燃

黄昏的这阵麻雀

黄昏这阵干燥的麻雀
一阵阵古老的叽叽喳喳
陷入一根电线的昏迷

它们突然活来
死去，从电线上石头般的掉落中
展开一阵阵低频、短小的翅膀

隔壁阿妈啦在门前墙下又撒下了一把米

我在二楼窗前陷入
一阵归客千里至，温暖的昏迷
"邻人满墙头，感叹亦唏嘘。"

村口一阵孩子的喧闹声
直抵屋顶的祈祷幡
那一株新鲜的晚霞

扔

初冬的拉萨河一边裸露出卵石
一边用清澈的蓝布盖着剩余的卵石

喜马拉雅群山建筑的天空
一只鹰飞出来后

只剩下窗

我想把一颗卵石扔进天空
在无法保证它不落回头顶

进入群星轨道前
没有出手

把它轻轻地放在河边的
玛尼石堆上

藏汉对照的晚霞

白云与乌云辩论至傍晚
在西天一起成为灿烂晚霞
这是雨季
选择傍晚下雨的我
被晚霞选择
听见楼下的孩子用汉语
与楼上的母亲的藏语对答
母亲在喊孩子回家

我在窗前凝神听着

无法开口
他的母亲叫卓玛
我的母亲听不见

在拉萨的新树叶下

赤裸的树枝如钢筋爆出花朵
在喜马拉雅运动带上
又看新柳拂春雪

珠峰之下的人都要白头
除非剃度受戒
但心底有个大声音：勿忘我

谢地的青山前
故园白头的父亲最后
也没有见过我他乡的白发

因为我从西藏戴着帽子回去
那年他见我蓄须，黑如牛毛
我剃掉了它

江南有枯木

枯山中泉未枯
我躺在山谷石头上睡觉
泉水拧进耳朵（一把螺丝刀[1]）
像根系消失于脚底和四周
头后面的山不断建筑着天空
悬崖上阿尼的隐修地

---

[1]　引自臧棣的一行诗。

砌进了天空,那些荨麻,独活
刺玫与野丁香砌进了天空
太阳越来越重
坐在遮脸的棒球帽上
身上盖着毛毯,他
是不是今天刚从太空
返回地球晒太阳的宇航员?

月如泉涌

庚子中秋,傍晚在色拉寺后山
一个男游客叫住我
师傅,那山顶的寺庙怎么走
往上走——
那是色拉乌孜,我补充道
他沉默地看着我又转头望向
一览无遗枯干的山顶
夕阳中金色的寺庙
我继续翻过山梁去树林泉水
初夏解禁后人们陆续重逢于
青树绿叶,戴着口罩
但我不再带来空桶打水
只取一瓢,洗眼,擦额,饮
走出树叶转黄的树林,仰望着
山顶夕阳燃烧的寺庙
他还要很久才能到达
一个完整的成年游客
从冲锋衣连帽里审视着我
我知道他要去山顶赏月
他知道我不是他的同伴
在满月升起以前
我们分手,言尽于彼

没有祝福，没有道谢

强　项

父亲的葬礼期间
舅舅为我捉癣，偏房外水井旁
点燃一支香在我脖子上熏了熏
嘴里念念有词，突然伸手一抓
嚯的一声扔进脚下的一块石头里
转身，重新成为亲切的舅舅
关切地再次问起我的生活
六个月后，秋天的一个傍晚
从色拉寺后山打水下来
在325级石级上
我确切地感觉到那顽癣好了
（悲伤、软弱、强硬的
右后脖颈，涂着药膏
在梦中一次次将它挠破）
就像石头上蓝色的药师佛
用泉水抹去了那梗着的脖子
谢谢药师佛，谢谢舅舅

喜马拉雅运动

村里的牦牛退到了山脚
藏北的野牦牛逼近雪线

拉萨小檗叶如红纸
野丁香枯黑，泪痣般的枸子
刺玫之刺苦若焦糖
我辨认着风的颜色
仍在周末爬到半山

悬崖上，阿尼的白云之路
步入寂静的尘土
修行小屋是一块石头
门窗紧闭，门前的独活
拆除了倒伞形的花伞
撒下明年的种子，我身边
伟大的玛尼堆是三块石头
的造山运动

与一个地质年代名词相互辨认：
新生代第四纪全新世，人类世
辨认山顶的一只鸟：飞机里
装着下山换季的游客
一只鹰鹫向我俯冲
索取它的前世：恐龙灭绝的那一天
前足化作翅膀飞上了蓝天

一个忧愁的梦

为父亲守灵的一晚
我打了个盹
梦见一个人站在地球前
就像赏月那样看着

不知是什么时辰
是夜晚，没有灯火
周围也没有星星
阴天白日，但没有雨意

我口干舌燥，站着却感到胸口
压着一块巨石

挣扎着从站着中站起来
那块石头终于滚落溪谷

眼前灰白的地球让人忧愁
抬脚要登上它时我醒了过来
看见我的兄弟坐在父亲身前
弟弟说：快天光了

天井屋檐上两颗晨星
一角雾中残月
父亲，那梦里我站立的是哪一颗星？

肉边菜

入秋后，村里的牦牛在房前屋后走动
翻垃圾桶，妻子把菜叶果皮留着
听到哞的一声
就下楼开门喂它们

它从手上吃着菜叶果皮时
温热的舌头舔着手心
吃着肉边菜
吃完再哞的一声
摇着尾巴说谢谢

那天她在乡政府与村委会街口
看到有人卖牛肉很新鲜
想买最后没有买
摆在边上的牛头瞪大眼睛
作证它的肉
——就是它啊
在山上我们也遇到过它

额头上有白斑点的那头牦牛

加德满都

空气中，熟悉的柴油味轻轻轰鸣
升起了月亮
照着低矮的加德满都
又一个停电之夜。平面铺开
富有而贫穷的，印度音乐般含混
难言的加德满都

泰米尔区狭窄复杂的街道中
电线蛛丝网结，店铺的红色发电机
放在门口
照明店里那些奇异的衣裙
奇异的面具，银制首饰
幽暗的铜铁器

奇异得令人微微眩晕的无数古老的神庙里
的无数精致的神佛木雕与塑像

月亮温和，发电机蝉鸣般震动
照着吃过咖喱饭的
温和的尼泊尔男子
坐在店门前的台阶上

（选自《青春》2022年第4期）

更多时候大海枯燥而有耐心

/ 程维

大海枯燥而有耐心

大海不是戏台，谁能在上面表演
谁能压得住深渊而内心不怀有恐惧
我只能看到脚下和视力所及的大海
我看不见更远，仅仅是一个局部
更多时候大海枯燥而有耐心
它以单调乏味示人，巨大的魅力
源于想象，我们按捺不住内在的波澜
以此推动海的惊涛骇浪，怯弱者由此
而壮胆，仿佛能吞下万吨轮
站在海上漱口，也不怕风暴掀掉大牙
它的颜色是对天空的二度创作
使油画相形见绌，一棵棕榈倒在沙滩上
更多的人只想在海边露出肚脐，看到
女人的曲线，大海的乳房汹涌而来
排浪般击打岩石的，不是爱情
它会揪住一个朗诵诗的疯子，拧断喉咙
拿破仑死在岛上，大海冷眼视之，它
张开嘴，像是要吞噬，不，它吐出垃圾

长日将尽

又是一阵大雨覆来,长日将尽
我已习惯了即将到来的黑暗
并能够构筑一个光亮空间,令生活
不被打断,哦,黑暗包围的舞台
今夜又有什么样的戏剧上演,这使我
期待夜晚有时甚于白天,我的舞台
光影变幻,一人一马一刀是不变的
三种不同的事物,拥抱着彼此的孤独
又被雨声拥抱,加深了相互热爱层次
长日将尽也就不再恐惧,我已熟练了
对付恐惧的方式
夜晚总是挟着大雨
来临,黑暗中的舞台格外灿烂

驯兽师

猛虎与狮子的教练,一手诱惑
另一手皮鞭,好的,你可以收起狂野
不屈的个性和牙齿的锋芒,乖一点
就有肉吃,再乖一点,坐上秋千
并且连续钻几个火圈,把屁股略缩小
腰与尾巴的弧度优雅一点
你看,虽说你是猛兽,也能做到
别出乱子,这鞭子不是吃素的,它足以
打烂豹子背上的花纹,好生掂量
我让你舞蹈,你就不能俯身,铁刺
就是教导你的语言,它比你的牙齿
硬多了,好,起舞,转圈,像小猫一样
乖孩子有肉吃,张开大口,让师父数数

牙齿，对了，不多不少，拔了两颗
让为师把头伸进你嘴里试试
记住，别打嗝，你即使把师父吞到肚里
也别告诉同伴，刚吃了一个美女

夜　奔

夜奔的人捉刀而去，越出纸面
避开了野猪林，他是爬车走的
夜行货车载着愤怒和不安，一路急吼
多少影子在后面追赶，扑打着灰尘

腰刀与哨棒挥舞，砧板上的肉跑了
大厨手忙脚乱，没法向饭碗交代
柴火大队灯火通明，正要举行夜宴
厨子打开后门，伺机溜走

那个叫林冲的武生改行开了黑店
他接待过拐带美人的虬髯客
保险柜的铜板丢了一半，他只有江湖
洗手，绿林刷牙，再找别的营生

派出所的小刘每天盯着那把枪
一度怀疑它是木头的，又怕它长腿跑掉
他梦见混入一支队伍执行死刑
朝囚犯连发数枪，那人狂奔而去

推石上山

我也没有强健的肌肉
却总觉得在推石上山
石头是无形的

山时隐时现，我有时误以为
它是风景，有时认定它是敌人
众神之怒我哪扛得住
如此为难一个俗人，是抬举了
我有时像在推一列火车倒退
有时又仿佛在把一座山踏平
看不见的巨石，误以为
我是藏在凡世的神
我不停地解释，又没法停下
往上推的石头，它压迫着我
帮助我长出肌肉，这是我的手吗
我还真不敢承认
它一碰到石头，就吓得石头往上滚

铁　器

冬天是凶狠的，一群滑冰的人
带着不明铁器，他们要干什么
冰已是够锋利了，他们还要打铁
把冰烙红了，一块一块敲打
把冰打得比铁更硬，铁是不服软的
那就来吧，我看见铁在跟冬天拼命
下一百场雪，也掩盖不了黑
一个孩子在雪上走着，吭哧吭哧地走着
专注的样子，仿佛在挑拣着地上的白
而一把匕首，让光芒在铁器上摔倒

孔　雀

从背上打开一把折扇
我怀疑孔雀体内藏着一个书生
尤其擅长丹青，属于好色之徒

生得雌雄难辨，大摇大摆也就罢了
不可能抛弃过去美的前嫌
捡起一地羽毛当令箭，射中
哪一个红颜，都会伤透了心
把邻居吓得芳容失色，这不怪你
我的行囊里还有百宝之什
拿出来，可以守住一座空城
你看那把孔雀扇，上面画着花押
和各种胡乱的犯人，一副纸手铐
扣住一园子山水，令东家为难
左右不好分作半女或半男
你再啰唆，就掏出这颗雀胆
镇不住石头，也拍碎一把纸屑
算是没将扇子白白撕掉
孔雀开屏，自行车拖着降落伞
美人用劲，伞一开一合
再用劲，就被她的美累得不行

罗　马

他们喜欢大理石，光滑，坚硬
善于制造任何弧形，流水隐藏
供肉体消遣，大浴女的裸背
油画般肚脐处的一次轻微停顿
砍杀者不宜在上面留下痕迹
而举重的斧凿精准削开一个侧面
它的立体之美不容置疑，藏在
内部的神，也要选择大理石替身
柱状的雄浑无所不在，万泉之城
喷薄的斗士和贵妇沦为新的废墟
米开朗琪罗双手布满巨石裂纹
消亡的浪漫史在罗马衰微中固定

恺撒死了,圆形大厅里百影错乱
宫殿尘垢已深,阿波罗出走未归

(选自"卓尔书店"公众号 2022 年 2 月 28 日)

燕 山
/ 大解

燕 山

0
朔风以北,有一座山脉绵延千里,名曰燕山。
山间沟壑纵横,河汉交流,民舍散落,人神共居,
其风淳朴,其人高古,其众不可胜数也。

1
大雪覆盖的北方,有一个长老,
徒步回到燕山,从远方带回了火种。
人们翻看了他的布袋,有人说是燧石,
有人说是星星。还有人矢口否认,
说长老并无其人。
长老捋着他雪白的胡须,察觉到
身后的山脊上方飘来了黄昏。

2
夜幕从不突然降临,先是晚霞起飞,
在天上燃起一场大火,而后慢慢烧成灰烬。
燕山的峰峦重叠在一起,变成一道剪影。
灯火最先出现在天上,向人间漫延,

那微弱的光，就是长老所爱。
他的布袋里不可能是空的，
他是燕山的长子，也是一群人的父亲。

3
长老的目光非常坚定，
他说灯火大于星星。
又说围绕灯火，神的孩子小于幻影。
燕山当即融化，变成了月光里的梦境。
我曾在模糊的夜晚反复出没，也曾经
露出闪光的脑袋，隐藏在门缝里，
不敢说出前生。他继续说着。
这时候，整个村庄的灯火次第亮起，
火苗由红色变成黄色，而星星
一旦被人偷走就很难归还，
我知道盗火者，都是些什么人。

4
1960年我3岁，亲眼看见长老，
背着布袋从远方归来，大雪埋没了他的脚印，
仿佛他是一个无迹可寻的人。我怀疑
他是假的，
他嘴里呼出的白色雾气，
散发在风中的越飘越远的声音，
他雪白的胡须，透明的灵魂，
都足以证明：他必须存在，且不能死去。

5
再往前追溯，我2岁，而长老，
似乎与燕山同龄。
他已无数次更换身体和姓名。
他结拜星星是由于怕黑和胆小，

他点燃灯火是为了做梦。
有时他走到人生的外面又迂回而返,
有时又过于执着,一条道走到黑。
没有人能够挽留和劝阻,
他总能找到火种并且往返于生死之间。
他说:有一点点光,就可还魂,
找到故土和亲人。

6
1957年是个分水岭,
此前的燕山并不寂寞,但是缺少一个人。
此前的岁月深不可测,我在其中
只是一个倒影。
我来后,群山默认了现实而河流在逃跑,
那慌张的样子,仿佛我是追问源头的指证人。
而实际上我仅仅是打开了人间的一道门,
问了一句:什么是此生?

7
那时,泉水从岩石的缝隙里流出,
小路细如麻绳。在烟霞里迷路的人走到了
不可知处,回来时变成了他人。
那时,河流飘起来,夕阳像皮球弹跳不止,
孩子们越追越远。而在生活的反面,
总有拒绝出生的人躲在时间深处呼呼大睡,
迟迟不肯起身。

8
一群孩子中必有一个跑在风的前面,
去传递人所共知的消息。
那时火种已经传到我手上,黄昏降临至
河流西岸,我因狂奔而导致大地后退,

差一点儿失去体重。
幸好时间是空的，而暮色软如棉絮，
有月光顺着燕山的斜坡流下来，
发出了泉水的声音。
我顾不上这些，我只顾奔跑，
我气喘吁吁，满头大汗，仿佛神的信使，
去传递一封没有接收地址的秘信。

9
大海曾经站起来，后来趴下了，
而燕山从不变形。
即使是来自天空背面的人，
也要在燕山下歇脚，倒出鞋里的沙子，
擦拭体内的灵魂。我略微知道一些
去往未来的路线，
我探测过未来的长度。
如果身后能够长出两个身影，我将飞起来，
俯瞰燕山，领略它波涛起伏的群峰。

10
长老是跟随一条河流回到燕山的，
他的血脉中泥沙聚下，而我顺着河流，
去传递一颗火种。它也许是
月亮的碎片，也许是浩渺夜空中
一颗发烫的星星。也许，
他仅仅是一块暗藏火焰的石头。
我接过了就必须传下去，
也许我的奔走毫无结果，
但我必须奔跑，因为我是报信人。

11
历史凝结之后归于寂静。

而在生活现场，大地是活跃的，
每个人都在动。我所经之处，
蓝色天空覆盖着万古之梦。
是谁，比幻影更虚缈，
摆着手，徒步走过苍茫的一生？
我看到地里干活的人，走出村庄的人，
回来的人，糊墙的人，捅破窗户纸的人，
纺线的人，织布的人，在炕上生孩子的人，
走在河边的人，从井里打水的人，
赶集的人，编织席子的人，
赶牲口的人，说书的人，
放羊的人，耕种的人，收割的人，
扒除屋顶茅草的人，盖新房子的人，
拍打尘土的人，嘴里冒烟的人，
用袖子擦鼻涕的人，
烧火做饭的人，喝水的人，
吃饭的人，睡觉的人，醒来的人，
刚刚出生就急忙死去的人，死后
又回来的人——老人，孩子，男人，女人，
来来去去的人，数不清的人，都在动。
我看到一个一个的人，
放眼望去，到处都是人民。
我要把火种传给谁？他在哪里？
不待我发问，时间已经冲出山口，
呼啸而来把我卷入了其中。

12

燕山有深深的皱褶和阴影。
炊烟起处，必定隐藏着梦境。
长老说过，灯火未必真实
而小路一旦缠绕，必有驼背人
深陷其中。果不其然，

河流经过一个村庄时，绕过了
他们弯曲的背影。
弯曲的人太多了，
天空巨大但是并不构成压迫，
命运的沉，有不可承受之重。

13
一个生于燕山的人，必须认命。
一个生于燕山的人，有可能被人
往死里追问：你是哪里人？你贵姓？
你吃了吗？你饿不？你饿死过几次？
你累不？你病了？你是否还想活下去？
你怎么活？死活还是生活？
你去哪儿？你还将去哪儿？
三生以前，是否见过一个莫须有的人？
不要嫌我啰唆，我必须要问，
因为我要传递火种，我必须
找到那个上苍指定的受命人。

14
假如世上有一个不存在的地方，
我一定要找到它。而一个深陷于尘世的人，
我不敢说必能遇见，遇见了也未必相识，
相识了也不一定交心。但我确信，
这个人就在世上——不在此世，就在来生。
如果他尚未出生，我就等待，
如果他在远方，我就继续狂奔，
如果他已死去，我就回到往日，找到他本人。
如果他早已在天空安家，
我就顺着梯子，接受星星的指引。

15
长老说过，必要时可以越界，
去往神的家里，也可以坐在燕山的石头上，
看过眼烟云。如果万籁俱寂，也可以
倾听自己的心跳和血液流动的声音。
那古老的源头是多么遥远啊，
当你望见了自己的来路，也就知道了去向，
你是你自己，也可能是一群人。

16
长老说得没错，果然，
在血脉转弯的地方，我遇到了一群人。
他们各忙各的，假装看不见我。
他们耕种，生育，纺线，织布，
他们需要光，灯火和太阳交替使用。
他们不知道我已出生，也不知我是谁，
他们已经忘记了自己。
当我突然出现，向他们走去
发现这些忙碌的人们是一群幻影。

17
时间是透明的屏障，挡住了古人。
隔着无数岁月，我看见
他们弯曲的身影。
其中一人径直向我走来，
他轰然倒在途中而影子站起来，
继续走，他几乎到达了今天。
他的血管里有隐秘的源流
和来自上游的擦痕。
他有泥做的嘴唇和裂缝，
他有飘忽的眼神、迷离的魅影，

当他走到我对面,脸上的胡须变成了根须,
他下垂的手臂是两个悬念,没有着落,
他向我发出了空虚的呼喊,
却从我身体的绝壁上,返回了
万物交杂的回声。

18
他是谁?我是谁?我还有多久?
我大概还能记得出发时的情景:
长老从布袋里掏出火种,说:
"把它送到远方去。"
"我去?"
"是的,你去。"
"远方在哪里?"
"远方就在远方,你自己去找。"
说完,长老转身而去,融入模糊的灯火中。

19
长老也不知远方究竟在哪里。
我也不知道,但我使命在身,必须走下去。
我怀揣火种,越走越快直到跑起来,
而后是狂奔。渐渐地,有灯火跟随,
我有了使命,也有了激情。
我甚至有了飞翔的渴望,
一旦我超越了自我,
人们啊,请不要手拉手截住我的灵魂。

20
多年过去,我只是找到了
前方,并未找到远方。
我遇到了无数人,走出燕山的人,
回归燕山的人,飘忽不定的人,

潜入地下的人，刚刚来临的人，
耕种的人，盖房的人，修路的人，
负债的人，拉着行李箱走出车站的人，
站在路灯下打电话的人，发短信的人，
坐在车里的人，两腿叉开的人，
背手走路的人，挖鼻孔的人，
路边铺子里卖烟酒的人，
醉眼迷离的人，志得意满的人，
结婚的人，离婚的人，出殡的人，
读书的人，跑进幼儿园的孩子，
尚未出生的人……男人和女人。
当我在一面镜子里发现自己，
他正是我苦苦寻找的、白发苍苍的老人。

21
镜子里，他向我走来。
他走出了镜子，继续走，
他走出了自己的身体，继续走，
我看见他的灵魂向我走来，
没有停下的意思。而我也不躲避。
仿佛一切都是必然。这个灵魂
和我迎面相撞，进入了我的身体里，
与我合而为一。

22
在日历之外的一个日子，
在一个不存在的地方，
一个不确定的时辰，
我不走了——我已经走了一生。
我已经找到了火种的接收人。
这个人已经来到我的体内，
只需要一个庄严的时辰。

连我自己也没有想到，
会有这样的一天：
在望不见燕山的一座平原上，
我停下来，对着落日，
悲壮地，毫不犹豫地，
吞下了这枚火种。

23
长老说过，万物都有归宿。
但我从未想过，
远方就在我的心中。我苦苦奔走，
而我就是那个让我寻找了一生的
上苍的受命人。

24
吞下火种后，我的心燃烧了。
吞下火种后，我的胸脯里点燃了一盏灯。
吞下火种后，我就浑身透明，变成了赤子。
我用我的身体、我的命，完成了自燃。
我得到了光，我发出了光，
成为赤子后，我失去了阴影。

25
多年以后，燕山知道了
我的一切。长老也知道了。
他捋着雪白的胡须，坐在石头上，
提到了我的姓名。长老的布袋里还有
用不尽的火种。
人们翻看了他的布袋，
有人说是燧石，有人说是星星。
有人矢口否认，说长老并无其人。
而我确信，长老，是燕山的长子，

也是燕山的灵魂。

26
长老对着远方呼喊,赤子啊——
在千里之外,我轻轻应了一声。

27
终有一日,我将回归燕山。
那时,往日的群峰依旧起伏跌宕,
大海趴在山外,伪装成一个水坑。
山里的人们早早起来,开始一天的忙碌,
死者在酣睡,未生者随时准备来临。
母亲们已经起来,轻手轻脚地
打开了窗子,万物都在苏醒,
新的黎明正在到来,我看见血红色的霞光中
正在升起的古老的、燃烧的、传说中的太阳,
正是赤子的父亲。

28
朔风以北,有一座山脉绵延千里,名曰燕山。
山间云雾缥缈,烟霞弥漫,劳作的人们
世代生息,苦其肉身,传其魂魄,
仰赖其天高地厚也。

(选自《十月》2022 年第 1 期)

那是无所不在的我
/ 非亚

我自

他拿手机拍灯光下自己的影子
那是大街上如影随形的
另一个自我

在寂静的、四面围合的群山
他观察夜空,浩瀚的宇宙,闪烁的群星
正连接成摩羯、白羊,与金牛
明亮的北斗
无法命名的星光
其中的一颗
是沉思时间、生命、意义的自我

田野上的一阵风,秋天金黄的稻田
农夫们开始另一次收割
汗水落入泥土,蛙声变远
谷穗上的每一颗种子
是痛苦长时间凝结的自我

城市里的某一条街道,梧桐树

桂花的香气在四周弥漫

围墙内的一个房子，安静的窗口

透出了灯光

有人在窗后阅读，写作，思考

星球在旋转，阳光会在早晨

再次到来。站在窗前

久久凝视外面花园的那个人

是我的另一个自我

到了最后。

狗冲出门口。

猫迅速隐入灌木丛。

花悄然开放。

鱼池里的鱼沉入池底。

哦，那是无所不在的自我

街头派

我写过一个词叫街头派。我是一个街头诗人

我喜欢到处去转

看到一个有趣的空间，就溜进去

探寻

我出现在这里，或者那里

踩着皮鞋

或布鞋

我是一颗火药，准确说是一根火柴

当你想点燃我

空气爆炸，而我冒出烟

对于陌生的人来说，我是一株行走的树

夜幕降临时突然

亮起的路灯

悲伤有时会如同一杯酒

整个地吞没我
但我会站起来，继续
做我的事
阳光照着我
我将忽略那些该死的东西
我将举着我的手
并带着那颗被棉布包裹的心
在四处交叉的道路
前进，像箭头一样
一直前进

坐东方航空飞去另一座城市

佩戴口罩。扎好安全带
关闭手机
坐在舷窗一侧
起飞的瞬间
抚摸挂在胸口的一块玉
巨大的飞机，犹如一只大鸟
轰鸣着穿过云层
在巡航高度，服务员开始
分发午餐
一块三明治、一个圆形面包
一盒果汁、一包湿巾、一根香蕉
我在夏天
告别母亲、妻子，和孩子
独自飞往另一个城市
在那里工作，生活，写作，阅读
接受孤独的挑战
在另一个时空，审视自己的心灵
我知道，真实就像一颗核桃
敲碎它的壳

就能吃到它的肉
我在两个半小时之后，随飞机降落到虹桥机场
步出机舱的瞬间
从地平线刮来的风，猛烈，广阔
又一次涌过来
吞没了我

万花筒

我把眼睛靠近万花筒
眯起另一只眼睛往里面观看
手慢慢地旋转
彩色的图案在一个封闭的纸筒里
也随之不断变幻
我想象那图案，转瞬即逝代表着一种死亡
新的裂变又代表着太阳、月亮
和星光的诞生
一整个夜晚，我坐在椅子上
沉迷于这种游戏
在眼睛离开万花筒之后
手、脚、躯体和头颅，也仿佛彼此对调了位置
某种想象的幸福
比如圆形、方形、三角形的碎片
正一块一块
拼贴到了我的脸上

给我的伯父

他的火焰在慢慢熄灭。二月的第二周
我们接到他去世的消息
疫情最严峻的时刻，我的堂姐们取消了他的追悼会
我们假设他离开的那个早晨

自己一个人
去了很远的一个地方
雾气，从潮汐撞击乱石的地方爬起
然后渗透进树林
我们的呼吸，被一种沉重的东西充斥
沉默开始主宰我们
生命，它真的是一个爬行动物
是一个圆环或一个周期
降临，然后又
悄然离开
不再回头，没有船长
也没有一盏破开浓雾的灯
更不会有其他旅客
每一个人都独立于各自的世界
在另一个空间里漫游
沉思他的过去
我想起他的火焰慢慢熄灭的过程
药物失聪
导致语言表达含糊不清
他空洞的眼看向天花板，仿佛那里有一个美丽的湖
我有时用写字板和他交流
他努力看着然后点头
有几次我握着他的手，我不知道我是否
给了他力量
哦，每一个生命都值得尊敬，当十一月降临
梧桐树的叶子变黄，犹如残破
不堪的报纸
我又一次想起他
他去了一个遥远的地方
独自一人，不可能再相遇
我坐在一间思念的房间

我假设他一直
就待在我们的隔壁

（选自《山花》2022年第3期）

一个人在镜中
/ 李南

诗 教

从一滴晨露到夕阳滚落
日复一日。
从乌黑瞳仁到满目沧桑
年复一年。
从茂盛到衰败，在死亡中重生
生生不息。
冬日有暖阳安慰瑟瑟发抖的街道
历史册页中偶有真相泄露
谁也无权取消鹰的飞翔……
这一切，都是我的诗教。

秋日独上封龙山

秋天晴朗
云朵飞扬
回忆中的银杏叶子
至今还是这样，不紧不慢地飘落。
杨树兄弟们自动站成一排
冬天跟在浆果后面。

去了郊外的封龙山
半坡上有风，吹透了紫红色冲锋衣。
人迹罕见，山谷寂静
只有偶尔的几声鸟鸣刺破空气。
踏着枯草，走上一条小路
也不直，也不宽
地图上找不到这个标识
更不会找到那隐蔽在深草中的封龙书院。

半夜醒来

有一句诺言
至今也没有兑现。

有一个人
想忘也忘不掉。

有一本书
始终没有读懂它的真谛。

有一处风景
盘踞在旅途的尽头。

有一只流浪狗
风雨中没能带它回家

有一件往事
改变了今生航向。

半夜醒来，只见窗外月光涌进
紧紧地把我抱住。

雪中去老年公寓

我们不能小瞧那些老年人
晒太阳的,捡垃圾的,带孙子的
旅游大巴上晕车的
病床上被护工翻来倒去的……
我们不能厌烦那些深深的抬头纹
把它们看作沧桑的老树皮吧
因为他们手中都有一套
对付生活的秘密武器。
我们不要嫌弃口水、药片和唠叨
趁着大雪纷飞,去老年公寓走走吧
每个老人都有一部口述历史
比教科书里的更真切、更惊悚。
雪花不再带来浪漫
曾经强悍的,开始变得怯懦
现在他们安静地望着夕阳下沉
回忆,回忆。

介山行

行走在郁郁葱葱的绵山中
天空释放出湛蓝
而白云带走了多少历史。
一条山道拐弯处
松针和柏枝指指点点
——那儿就是介子推
藏身的山洞。
他生前割股奉君
死后化作了一缕云烟。

去熹悦和境茶书院

　　黄昏时分，落日在西山流连
　　薄荷和天人菊在大门列队迎接我们
　　朋友们久违了——都是远道而来
　　为这庚子年第一次相聚。
　　啤酒、花生、烧鸡、热烈的羊肉串
　　主人的盛情溢出了这漫长的夏天。
　　一个说起苦涩的婚姻
　　另一个谈到微薄的养老金
　　不过也有意外的欢笑：
　　小主人用橡皮泥，做成了人生第一笔交易……
　　我们就这样把悲伤的日子掺进一点蜜水
　　失望过，却依然怀着爱意。
　　灯光引来了飞蛾和叶蝉
　　月亮从云翳中钻出，好心地把夜晚延长
　　朋友们谈兴正浓，子夜时才说到
　　赫尔曼·黑塞和他的水彩画。

一个人在镜中

　　一个人在镜中，无法看到罪性
　　只能看到日渐衰败的脸。

　　一群麻雀并不因为田中的稻草人
　　而收敛起自己的坏脾气。

　　不要以为识字就有文化
　　不要小瞧灰烬携带的使命。

　　走进绵绵山脉，穿越茫茫沙漠

你会渐渐放下心中的刀斧。

乡道上高过人头的蜀葵落满灰尘
仍能开出红花和粉花。

非法的爱,得不到祝福
野草有时却可以成为珍稀药材。

死亡里都有一种恐怖的味道
没有谁会长久地迷恋。

在他的泪水中,你感觉不到疼痛
只能找到逃生的出口。

落日也能发出强悍的光芒
黑夜同样会孕育闪电,诞下雷霆。

山中生活

  鸟鸣时
  我读了一首诗
  瓦房下
  锦葵含着露水
  端起酒杯
  雨点准时鼓掌
  走下山坡
  清风不请自来
  天黑前
  我把你又想了一次。

如果我不写下

  花朵会变成果实
  消失了它最美丽的前身
  如果我不拍下花朵。

  隐身于雪山上的冰川
  化身为江河,向着大海奔腾
  如果我不画出冰川。

  时间会吞噬记忆
  小人物的苦难在历史漩涡中沉浮
  如果我不写下小人物。

  黑喜鹊唱着歌儿飞走
  有时阴郁,有时快乐
  如果我不谱成乐曲。

  还有你,闯进了我干涸的心田
  你带来了玫瑰,还是蒺藜?
  如果我不当面问个清楚。

  (选自《诗歌月刊》2022年第3期)

论 诗
/ 沈苇

慢

乌龟慢慢地爬，比蚂蚁再慢一点
守株待兔的人，庄稼已长成野草
——这也是一种慢吧？
但兔子三个健步越过沙坑
飞上了嫦娥之月……
乌龟慢慢爬，静止不动地爬
就像布鲁诺·拉图尔说的：
"减缓'超越'，像老鼹鼠，
在二元论的下面挖掘洞穴。"

无地方

地方，即世界
无地方，不是没有了地方
更不是抛弃地方
地方与无地方同构共建
如入无我、无人之境
地方主义死于狭窄和偏执
而地方性，将获得空前的超越性

之 间

剑态、箫心之间
落英缤纷
群山、流水之间
野草蓬勃
无善、无不善之间
美即是真

失 根

"原乡"一词在水上
漂泊、隐现、远去
你以为异乡是静止的
但是错了,土著们
也深陷失根状态
当根性与更多的流动
交互成斑斓混杂的现代图景
一株老树有了冲动
突然长出一双新脚

无 言

深山,晨光里步入寂静的茶园
漫长的炎夏是被沉默寡言者战胜的
朱鹮鸟不再像啄木鸟一样咯咯笑
绿色中闪现它的黑脸、绛红色尾翼
以及带露的微颤的秋茶叶
这些,都是清晨无言的语言

自　力

　　一朵花，凋零与盛开的总和
　　一幢楼，水泥、砖石与骨架的总和
　　一张脸，出生到现在叠加起来的总和
　　一首诗，语言反复打磨自力的总和

异　质

　　异域气质，本我的不断偏移
　　像掷铁饼者，把米隆和阿波罗
　　同时投掷出去……
　　又像一首诗重返西域
　　巡礼，并认领
　　远方、他者和异文化

戏　剧

　　戏剧凿空乌镇的两个雨天
　　如幻，如梦，如波涛剧场里
　　红与黑的内心博弈
　　再摇船将水乡哈姆雷特
　　送往青藏高原……
　　疾走的青年在深夜席地而坐
　　戏剧之真是临时的脱逃和隐逸
　　使时间短暂地不在场
　　而被损耗的现实的不真实
　　可以安放人间的哪一个剧场？

传　奇

夜的缺口处，悬挂一只胡柚
在低矮、负重累累的树上
果实之神的额头
是被一道闪电擦亮的
将诗，往今宵的传奇里写
往新志怪和新魔幻里写
或许可以消解部分的残缺
部分的昏昧和苦涩

经　验

经验：贫乏，却又堆积太多
三十年，像远方的流沙一样失去了
现如今，回到更加迅疾的
永不回首的流水中
经验，如何变成一个超验视角？

寒　山

多少天台人，不识寒山子
寒山正是在这种不被理解中
隆起、孤耸、生长的
在入穴而去、不知所踪之前
桦皮为冠，布裘破弊，木屐履地
却依旧往石壁上兴致勃勃涂抹诗句
坐在山崖间，快乐地哈哈大笑
并在一千年后，他的灵魂漂洋过海
落户于一位美国"垮掉派"的灵魂中

强音与低语

自然颂歌。惠特曼的强音
从大洋彼岸反复传来
席卷，变成大海和大陆本身
而中国古人，对着草木鸟兽
低语、私语，试图召唤出
潜藏在"动植皆文"中的神灵
我从亚洲腹地回到江南
把惠特曼的高亢降低一些
又把江南人的音调提高了半分贝

旅[1]

厌倦了，于是从自己活腻的地方
到别人活腻的地方去
——旅，游还是行？
自驾车贴上封条，馕和水足够
大自然是必需品，最好原始、蛮荒一点
"眼镜、蠢行和照相机混迹其中"
一只母鸡还没长大就下的蛋诗
也咯咯咯跻身其中……
我在书房里打了个盹，忽然远行一万里
回到了离开一千天的新疆

界　画

持墨者，在墨绳上跳舞
脱下镣铐，跳到木头
和一片原始森林里去

---

[1] 引文出自约翰·缪尔《我们的国家公园》。

盖房人，以为手舞足蹈够了
于是界尺引线，立下规矩
但白鹤、游鱼、草虫
依旧执拗，一再突破自我
冲出画地为牢的界画

互 嵌

我尊重一个个互嵌的此刻：
脚下后退的路，路边树木花草
草地上凋零的枯叶和蝴蝶
各色车辆，斑马线上的行人
建筑，这些高高低低的障碍物
远处的静，传来的布谷鸟鸣
抬头看见的一角瓦蓝天空……
我从那里，汲取残剩的
精华和真意

正 念

植物性总在倾听人性
辛劳而凄厉的呼喊
——低语，附身于秋天的草坪
垂柳依旧依依，浮萍躺平于水面
阳光粒子找到一个旋转的石榴头颅
奥妙构造和繁多籽粒，放空了
水里轻晃的树影，缓缓起身
回到一棵中心树遒劲的根部……

窃 取

互嵌的：植物性，动物性……

我们以此区分世界、人群和男女
召唤言词，解构语法，平衡大地
像海底的章鱼、缠绕的热带景物
窃取彼此多汁的深情
和沉浸其中的孤寂

宇宙副本

仰观天象，俯看虫蚁
东方人将它们视为一个整体
星空和道德律，在地球那边
照亮充满张力的二分法
那么，天外之天，虫中之虫
就交给晚熟的科学家吧
这一堆可以拆卸、降解的
神经和碳水化合物
这卑微的移动——
一个小小的宇宙副本

江　南

她不是直入人心的，而是
委婉、含蓄、充满耐心地抵达你
自然、山水、逝者、器物……
都包含了曲径通幽的深意
鸡肋也曲折，所以庄绰说：
"西北多土，故其人重厚鲁。
荆扬多水，其人亦明慧文巧，
而患在轻浅。"（《鸡肋编》）

（选自《人民文学》2022年第3期）

时间做了把复杂的钥匙
/ 西叶

由鱼想到的

可怕的是自己给自己
造一方鱼池
底下防水
外边贴大理石
在里面转来转去
看起来还挺自由的

重庆到大理

时间做了把复杂的钥匙
深隐在中年
我抵达了

钥匙打开
从前是陌生的地方
目的地是自己

永远不再经停的故乡

　　大理到深圳
　　站台上我前世到过的弥勒
　　普者黑或者百色
　　一一掠过

　　感觉这些年
　　我的命运
　　就像车轮一样
　　滚动　碾压着
　　在生活的崇山峻岭间

　　而我的灵魂却始终
　　端坐在
　　拥挤的车厢里
　　从绿皮儿到白皮儿
　　忽而终点是起点
　　忽而起点是终点
　　却永远不再经停
　　自己的故乡

2021年7月31日深夜，他们

　　我的两个儿子
　　他们有我同样的发色、眼睛和
　　皮肤

　　他们睡熟了
　　腿直直的　不像我
　　喜欢团成个球儿

七月最后的晚上我
穿很厚的羽绒服躺在香格里拉看着
他们嘴角翘起

窗外
成片的菌菇
从草丛
冒出来。

这是雨季——此刻。好多灰和白的蘑菇也正
从我身体的枯木桩里
冒了出来

秘　密

好多事压着我。
不能说
更
不能写

最大的一个
是三十三岁前我
如果
尝尽了
人间百味

不知道
还有没有勇气
生下你们

自由的本质

自由的本质是
让存在者存在
这不是我说的——
——刚写完自由，从书架——
随意抽了本——
《海德格尔的智慧》

打开便是
127 页——
标题赫然：
——自由的本质
仿佛上帝
专程派了海德格尔来
给我
启示。

雨

最长的时候，雨几乎可以
把重庆
整个春天都装在
牢笼里——

我记忆里的一些空白
很多都像雨点干涸后
留下的
那些白色的水渍

昨天晚上

我弹起钢琴但几乎
忘了我会——
那曾断裂过的此刻显然又
重新聚起。

我不确定是否
弃绝过又是何时发出了召唤？
我们问候着
像久违的朋友——

昨晚八点三十分。
琴声鸣响仿佛多年前——
那个十五天不曾下楼的少女坐在琴凳上
一直
弹到现在。

清溪峡

音乐很大声
刺穿峡谷，船深入其中

山压弯了
扭动、绞缠的躯干在水里被
拧滑了丝

我们的交谈彼此
追逐——
身体里的丛林
隐秘摇摆。我们是

闯入者。更多事物在
忍耐。

一只枯叶蝶经停甲板
它用眼睛
讽刺地
听着。

人　生

开车　我喜欢走快车道
就像我从前的人生

直到今天在盥洗间
才发现自己
不过是镜子里
的反光

而那面镜子早已
被时间打得粉碎。

开　始

越来越沉默
以替代固执

风翻动稻田
白鹭是意外之喜

一条无人小路
抹除了踪迹。

它真的
说话了吗?

仿佛接纳了
他者。

一个人,终因无言
而最终被我听到。

噩　梦

山坡上躺满
死了的鱼

孩子们在山下
跟我招手

我想抱他们　我正被囚禁。

"只要认罪,就能见到他们"
他们说。

我想呼救但
喉咙被卡住。我挣扎——
体内的冰
冻碎了骨头

恐惧掏空我……我祈求这是
梦——
蜉蝣的血肉,终于聚成团儿
将我砸了回来。

给钢琴补漆

  把灰尘擦干净
  砂纸需要沾水
  来来回回
  划痕打磨成了
  光滑的砂面

  二十多年前
  钢琴老师说
  琴漆掉了
  永远没法修补

  会不会有奇迹？
  我把
  抛光液挤在海绵上

  漆面恢复如初。
  事实上　心里的疤
  也被时间
  打磨得
  差不多了

  真是让人惊喜。

雨泼了下来

  越来越激烈
  雨泼了下来——

  野蛮的叛逆者

大地上击鼓

黑夜的窟窿
必将成为隐喻

我感到
有些冷——

反抗与禁锢
多少有些像。

（选自"无限事"微信公众号 2022 年 2 月 7 日）

合欢树下
/ 夜鱼

归 宿

仲春的田畴,桃花已谢
油菜花则开得一点不犹豫
岚烟笼罩下的村庄,潮湿冷清
只有雀鸟儿有着异常的欢欣
鸟鸣声中,你指着高高树杈上的鸟巢说
"好多年了,越搭越大。"
是啊,自然界只要不出大意外
它们就可以构建自己的宫殿
我在想那衔来第一根树枝的鸟
不知已化成了哪一块春泥
我们继续前行,行至荒地听见狗吠
而远处类似砍剁的声响,也一直持续
你回归不久,猜不出声响的源头
又有太多的回忆
那些生于斯长于斯的情节
就像衣服上沾染的花粉
潮湿地黏附,丰富又细腻
再没有什么可以打动我了
我将归宿于此,或者

在几百公里之外
凝望这里

合欢树下

花已谢,叶虽绿得有些老
不妨碍它们抖擞着捧出
将满的月。天地间
好似又涌出了合欢的香味
故人们含笑前来
也没多少悲欣交集
沐着月光,不提聚散
互相轻轻颔首
我站在树下仰望
半生沧桑不过是一场盈亏隐现
风轻雨柔,又或者雷暴雪猛
都挡不住一轮月的涌出
此刻,在它永恒的光辉下
我好想跟亲人们聊聊
关于我的新生,也是一次与明月的邂逅
和盘托出的惬意加深了

嗨,你好,栾树

因不知其名,我视若无睹了很多年
直到某天,它举着一树深绿浅黄金橙
逼近我的视线
一棵行道树,竟如此绚烂

栾:叶可制栲胶,花可做染料,果可榨油
词典中全是功用
唯独没有爱

但这并不影响栾树与爱越来越磅礴
我好像随时都能与它们邂逅

当我与他茶叙时，放眼望去
楼下又是一排深绿浅黄金橙
浓荫下的小路，闲适得如同细水长流

九 月

九月燥热也润泽
果实低垂，稻浪涌向天空

穿过汩汩的汁液
因洞悉
得以顺利进入内核

老宅里的九月
尤为丰盛
所有的事物纠缠着发酵
篱笆院落，藤椅木桌
停摆的老钟，以及笨笨的大锅土灶
到处充满陈年经久的微生物
黄昏时浓度最高

我们都忘了惯常的缜密对峙
松弛得像一支崩开的棉桃
收割，摘剥，吸吮
再无闲暇去纠结争吵

而我们热爱的树木
一棵比一棵谦卑

任凭我们摘下一枚枚果子
也只是微微晃着
摇落几片叶，在我们的发际或肩头

低　处

卧榻小窗边的香樟
不受季节影响，叶子始终茂密
持续送来风声，以及雀鸟儿
细碎的咕咕声
离香樟几步远，一棵硕大的乌桕
挂满喀拉拉响的乌桕子
正对阳台的则是一棵鹅掌楸
立冬后，半树黄叶，越来越稀疏
不停飘坠，风大些，就会飘过红砖路
飞向对面的树丛
那里有更多树种，最外围是一排
高低错落的李子树
初夏时，紫色的果实曾满地滚落
浪费堪称磅礴，气势直逼
四周僵硬的高楼
我终于意识到低层的好处
当晨曦或夕阳穿过无数叶片
抵达我闲握的书册
当深夜簌簌，当我垂下眼帘聆听
雨叶和奏。一种领受
如众神的脚步穿过茫茫宇宙

（选自《诗刊》2022年第1期）

野 火
/ 甜河

鹦鹉螺

呵,扰乱人心的鹦鹉螺
在怎样的晴日里梳洗?
风景在你手中急遽地变幻
我的客人,汗湿了遥遥月
稳如勾挑宇宙的纤维

用什么款待你?望气的人
眯上眼,借春困历遍深心
是那未交的好运令人呕吐
几乎要放弃,凉风习习
赠予我轻薄的小酒杯

呵,平凡的夜,离奇的夜
欢愉的感官承载着危机
幽巡而来的无穷私密
会撬开一个阔别的白昼吗?
黄莺重申亡唇的乐药

无人剪芯,而灯已昏昏

心细如发的,是俊美的兽吗?
地图在你面前重重地骤合
我,就是不断胀大的饕餮
如此皎皎,如此恶心

野　火

永恒略大于一日。
白茫茫的日色,剪取
变幻的波脸。料峭堤岸,
也止不住宴饮的心
提读窄小耻骨,迷人者
且自迷。溽热的口音打湿
致密尾羽,可曾心事崎岖?
你喏嚅着假扮了过客,
你顽强着隔空答应,
多情的是我,从此杳无风波?
呵,且打破膏腴的沉默
任时运的手,覆弄抖擞衣衫
是如雾的品德吞吐不息
长亭更短亭,娇滴滴。
是雨润的咽喉含住
平地峭拔的野火,扑拉拉
汇入日渐零落的合唱:
"松柏的火,死心的火
正如你我的晚年?"
我环绕你如同死结
我看见:从今往后,
每一张脸都是古代的脸。

朱　雀

小于，小于微红的甘蔗。
你的暗，比年幼的手低弱
说什么奇妙闺阁？
决不放弃泪水，
细雨还在空虚地膨胀。

你寻找少女如惊雀
她惊呼中消逝的裸脸。
轻若无骨，伴着你的步子
收回虚怅的衣袖，
缓缓推揉一段风烟。

说什么探囊取物？
你丰饶的衣袍分外出神。
几声啼啭，你认出朱雀
眼中的杀伐之气，
吮尽圆月最后的保留。

而胭脂脆弱如纸。
看，朱雀松开了厌世的细爪
慢如斯，沉入良夜的蹊跷。
慢啊，如隔空的莺燕
接续分心的步履。

十二月

暮云渐低。十二月
是因为衰减而变得亲密的湖。
待黄昏膨胀雨意，不堪

瘦小的背脊。它狭窄、收缩，
将低迷的光溢出，
近在咫尺的便不再遥远。
度量我们之间那一点
情感的余裕。阵雨过后，
我将承担你。一天就此结束。
近来多雾、多低咽，这是
"双手互为彼此的时刻。"
措手不及的，是南方的气候
温凉交替，仅剩微漾的绿意。
消了旧酒，你可要添新衣。
走过这段默默、泅湿的小径，
你垂着手，静悄悄地
为多疑的探听。晚风薄软，
细细的树枝还在头顶回旋。
我们紧挨着坐下。一种爱
联结发带的两端：
那些穿过雨和山峦的
柔慢的昨日。我热爱你，
舞步闪回，隔着惊心的玻璃。

小东西

圆月一寸寸地傍身，水面
正微茫。是修葺如新的夜，
任晚来的心绪络绎不绝

是你，唔唔窃笑的小东西
像极我的替身，言笑晏晏
在香脂中打了个响指

看，错愕的衣裳转过身，

因错愕而更美丽。忧伤的
小东西，往秋天深处幽幽吹气

当你被明亮的皮肤鉴照
密密细匝如磨的愁容
那远走溃逃的正是小东西

当慢倦的琉璃贴紧脸
表情严整如灯的就是小东西
奔走营营，练深了豹变

伶俜的小东西心存感激
团结于密不透风的必死性
而我，明天要吊起一个大神秘

杂　技

节节溃退的人，你要小心
小心那穷途垂泪的娇嗔。
衣冠轻如空蛹，你寻找
那甜饮里，袅袅嘤咛。
揪紧风尘那破竹的高音。

一点点羞怯将我们同构
递来隔夜的妙喻：你和我
享尽这半空的曲妙。
这一次，堪比伶人身手
虚掷我诡谲的桃。

你将这一格构图踩空，
抖擞了新衣，对峙如对饮。
你采撷越来越小的珠光，

等不及,你我交换雄心。
(与秋天状态,遥相呼应。)

你钻研了孤胆,零售欢娱:
晚风——点击千万种奇情。
而殷勤戏园里,夜气虚蹈着
你的分寸:振臂轻呼
正好,吹散翠鸟的细腰。

万古愁

是谁,偷梁换柱的人?
无论谁,都不比肉燕的身子轻。
小果核不过是盈空的记号,
假如我派遣了眼神,我就做空表达。

唯有你的新衣冠绝天下。
款至的人忽然眨眼:一个骑驴,
另一个就卸下高塔。好极!
细脚伶仃的究竟谁与你比翼?

你要爱上万古愁的滋味:
凭什么锦绣风格,我的渴也不能
纾解半点。是你吧,佼佼敌手?
飞得更快就克服了绕指柔。

总有风,偷来阵阵纨绔的凉,
玉面的人穷匕首现,却像等待:
心急的剪刀一字又一字
减损你,皓首穷经的杜鹃花。

(选自《诗建设》2022年春季号)

琳子
《回家》
19cm × 26cm
黑白针管笔

诗集精选

《飞行的湖》诗选

/ 古马

朔方的一个早晨

群山横亘
那摆脱了黑暗的马群是安静地
沿着山脊铺展到山坡平野的阳光
青嫩、甜蜜
仿佛正和遍野生长的西瓜上最最美丽的条纹
谈论着自由舒展的意义

如此辽阔的一个早晨
我还看到了在群山之中傲然生长的白色的三叶树
巨大的三片叶子,借着风的力量
形成了一个绵绵不停地转动的叶轮
一朵向远方输送光明的花朵

如此辽阔的一个早晨
巡阅的车窗后是我经过岁月蚀刻的脸

雨还在下

雨还在下,树还在绿

总有那么一天，亲爱的
也许我们早已不在人世
我为你写下的诗篇也早已失传
可树照样绿像今天绿透了天地
雨照旧下着没完没了
像你和我还有千言万语
难以耗尽

九　月

一把手术刀为我
重新打开一扇朝向街道郊野和天空的大门

从麻醉中醒来
我的眼睫像暮色中菊花的雄蕊
贪婪地呼吸着星星的露气

……已经得到的和必将丧失的，我都忘了

冬日清晨

下着小雪
水蒸气来自附近锅炉，在高楼窗外飞动
和九嶷山的白云以及乘风而下的帝子毫不相干
飞着飞着，水蒸气就凝结成一个人心里的冰

带着冰碴的大白菜
仿佛储藏着上个世纪甚至更为久远的情感

而消息已断。而消息，我想迟早是会来的
哪怕雪已越下越大，封闭了天下所有道路
雪路多处塌方，黑洞洞的裂穴正往外冒着白气

地球的心总还是热乎乎、热乎乎的

鱼　刺

> 梦得鱼刺，夫妻怄气
> ——题记

海上有行船
明月
照着甲板

飞鱼追逐
忽刺刺化为银刺
好好梳一梳你被海风吹乱的头发吧
她说着，捉两架鱼刺
稍大者如梳子稍小者如篦子交你手里
转身走出早晨五点半钟的梦

你赶早起床刷牙洗脸煮牛奶
找一元零钱去挤公交车上班

你头发里确实有些瀚海的风沙
你的手指
远不如鱼刺精致善会梳理

爱的惯性

车厢里灯火通明，那一列火车
似乎一点减速的意思都没有
尽管真相是它早已停靠在某年某日某时某分
唯一的客人已经下车离开不知去向
但那专列仍在黑夜和我的头脑里轰轰隆隆奔驰

恰似一个人超载的爱制动之后还带有强大的惯性和冲击力
还不由自主向前行驶

它努力停稳的站台是启明星

雌　鹿

她慢慢地走过来
隔着栅栏
打量我

我头上没有树枝般
分叉的角
我朝她伸出手掌
又急忙缩回

我的手指不会
新生出鲜嫩的树叶
但我怕痒
怕她的信任和
亲热

鼻息潮热
她灵巧的舌头
几乎就要舔食到
我手掌心里
阳光的晶盐了
我的退缩
让她困惑
她眼眸中的黑水晶
黑得如同代数的方程式里的 X
X 怎知 Y 的变数

X 是孤独的
栅栏是孤独的
遥远的中学时代，西郊公园里
风吹树叶，沙沙作响

仰起瘦削的脸
她慢慢走了过去
移动的悬崖
消失进树丛

观察一只鹰隼

雪松高大
午后，一只鹰隼
梦栖一枝

眯缝着眼睛
它把天蓝
微醺的阳光
带进懒洋洋的梦境

风入松
但它仿佛一枚褐色的陈年的松果
长在青枝上
不惊不扰

在这个秋日的下午
雄压飞檐的松冠之外
杂树丛中
红黄的浆果
耐心储藏着时光的酸甜

一只鹰隼
它侧歪的脑袋里
另有一个大的宇宙
还是一片混沌

久久背对一扇窗户
它突然移动
抖翅飞走

那被利爪松开的青枝
战栗不已
仿佛神经无所适从

（选自古马诗集《飞行的湖》，长江文艺出版社2022年3月版）

《在水一方》诗选

/ 李强

五月的二月蓝

　　五月的二月蓝
　　绿色的海洋
　　小小的帆
　　干干净净的海魂衫

　　声势浩大的舰队
　　哪里去了
　　也许去了百慕大
　　也许去了崖山

　　谁的帆
　　谁的海魂衫
　　五月的二月蓝
　　蔚蓝色星球
　　孤独的、唯一的、不容置疑的
　　蔚蓝色存在

你和我

城市一点点变好
你一点点变老
一点点变老的你
右手的教鞭挥得越来越多
左手的皮鞭挥得越来越少

挨过皮鞭的有没有怨气
我不知道
想必眼神是温驯的
受过教鞭的是否醍醐灌顶
我也不知道
至少会场没听到鼾声

我说，同频是容易的
一个主动轮
一系列从动轮嘛
共振则有点难
俗话说：人心隔肚皮
俗话说：江山易改本性难移

现在你又在台上挥教鞭
我坐在台下第一排正中间
打瞌睡是不敢的，也不至于
千不该万不该
听课时开了一会儿小差
这不，一首调侃的小诗
就这样一气呵成

白雾茫茫

　　白雾茫茫
　　主人去哪里了
　　一壶茶
　　微微冒着热气

　　白雾茫茫
　　一件又一件长衫短褂
　　当街晾在黄桷树上
　　湿漉漉的

　　白雾茫茫
　　少年拼一腔热血
　　上了山
　　壮年拼一身气力
　　扯起帆
　　老人如烟消云散
　　再也回不到故乡

　　白雾茫茫
　　多少落英缤纷
　　多少前赴后继
　　多少鲜为人知的人与事
　　他和她
　　你和我
　　携手走过
　　消失在嘉陵江
　　上游、中游、下游

仰望高台

　　高台高过了天
　　台上浸透了血
　　走近了
　　惊心动魄
　　离去了
　　沉默不语

　　呐喊与硝烟
　　早已散尽
　　刀剑与尸骨
　　氧化再还原
　　幸存者一一凋零
　　一股英雄气
　　回荡天地间
　　生生不息

　　高台高过了天
　　高过了斤斤计较
　　高过了功名利禄
　　高过了莫高窟
　　高过了祁连山

寻关记

　　阳关、玉门关
　　一对扣子
　　锈迹斑斑

　　往事越千年

也曾扣上
世外桃源
也曾解开
遍地狼烟

精灵们

考拉住在高高的桉树上
精灵们的家
在西域的巅峰上

考拉不怎么动
他们抬头发呆
低头做梦
精灵们白天躲太阳
夜里数星星
在无穷岁月尽头
彼此拥抱与亲吻
准备远行

嘘！风来了
嘘！神谕到了
精灵们疾如鹰隼
一跃而起
坠入泥沙俱下的世界

下雨了

下雨了
门关上了
窗子关上了
蚊帐也关上了

蚊子吃了个闭门羹
生气掉头走了

世界安静了
大山外的运动
大山内的活动
按下暂停键了

牛得到了草
鸡和鸭得到了谷粒
一个孩子最幸福
同时得到了
父亲和母亲

夏至之诗

气温与雨水
好一对欢喜冤家
相生又相克
相爱又相杀
夏至之日近了
争吵再次升级
吵什么吵什么
陈芝麻烂谷子糗事

所以说嘛
太阳底下
没有新鲜事情

新麦住进了旧粮仓
新生向往旧校园

崭新的稿纸
磨秃了的圆珠笔
窃窃私语
荒芜的田园
久违的农事
老茧与汗渍
已死去多时
夏至之诗
从何说起好呢

凌霄花是美的

凌霄花是美的
扑面而来的美
挥之不去的美
灿烂的美，朴素的美
细细端详
一丝丝调皮的美

相见恨晚的美
少年只识鸡冠花
青年只识牵牛花
晚霞浮现，晚霞消失
凌霄花开了
静静地
开在谁家的篱笆

有多少春天比春天更远

有多少水
不到100度就沸腾了
有多少蓓蕾

没有想清楚就绽放了
惊蛰无所事事
清明一头迷雾
杜鹃放逐杜鹃
有多少春天
比春天更远

有多少心愿未了
有多少心愿
始终没成为心愿
谁在月光下下网
捞起白花花鳞片

在春天
多少人心事重重
行色匆匆
多少人始终
不肯谈论春天

绿皮火车

是他们的
不是我们的
是大平原、大草原、大兴安岭
天涯海角
西双版纳
塔里木盆地的
是四点零八分的北京的
不是许茂和他的女儿们的
不是香雪的

不是我们的

我们有水牛、水田、水渠
还有用脚吹奏
哗哗啦啦的水车
就足够了
有炊烟袅袅
鸡犬之声相闻
就足够了
一想到绿皮火车
不顾一切、浩浩荡荡的气势
山沟沟里的乡亲们
往往羡慕又庆幸
往往不寒而栗

邮递马车

正午的风多好呀
正午的风风度翩翩
一路小跑一路哼着小调
不时飞到天上
不时在草丛翻着跟头

他跑在马车前头了
他落在马车后头了
他耐不住性子
悄悄钻进邮件里了
他心如鹿撞
怦怦怦乱跳

踏踏的马蹄声近了
小木屋的呼吸急促了
幸福的人呐
你想哭，就哭出声吧

你看，你看
满山遍野的柠檬花开了
笑意盈盈的邮递马车也来了

（选自李强诗集《在水一方》，长江文艺出版社 2022 年 3 月版）

《孤山上》诗选

/ 祝立根

群　山

　　落在群山中的雪
　　落在了你的肩膀上、脸颊上……
　　来年春天，群山会报以汹涌的绿意
　　但你不知道，在幽暗中要囤积多少
　　白发，才慢慢从你的身体里长出来
　　泪水，要流经怎样的旅程
　　才从你的眼眶中，缓缓地流出来。你不知道
　　落在你身上的雪，是怎样的爱
　　又或怎样的怜悯与惩戒

纪念碑

　　你见过怒江吗？
　　我这儿，就有
　　一小条支流，我在怒江痛饮的江水
　　已经不再沸腾，是呀，那么多年流逝
　　胸腔里，早已沧海桑田
　　那些愤怒的灰烬
　　——多像一座座冷冽的雪山

兰坪县掠影

霜地里偷麦种的田鼠
不要惊动它们
卵石上洗翅膀的灰鹭
不要惊动它们
一只蜂鸟的爱情
弹口弦的普米族姑娘,不要惊动
借一小块阳光,睡在街角的那个人
不要惊动搬家路上的蚂蚁
多余的怜悯和叹息,都是它们无法承受的
闪电与雷霆,它们那么小
那么幸福,它们
正扛着一个个小小的月亮在赶路

开满野花的原野上

春光送回了他们
杨成、祝助、王达、余花……
那些活过又死去了的人
在我身边,多像这些野花
他们都很年轻,我快记不住他们的样子了
遗忘,像一片海
遗忘让我成为一座孤岛
坐在他们中间,我想向你介绍
奶浆花、蒲公英
薄雪草……
我想你也会认识另外的一些
和它们在一块儿过,闻到过它们的芬芳
多么幽暗的生涯呀
多么缤纷又寂寥的春天

参观纺织厂

是锄头，就该拼命挖
是镰刀，就得不停地挥动
是手，就要分开荒草，握紧粮种，放弃
希望，从一双手交给下一双手……
……都是机器上的一部分，无一例外
继承了整齐划一的动作和命运
我的祖辈已经离世多年
我的父辈，正在慢慢凋零
作为替换下来的零部件，他们
小小的胸腔里，也曾发出过马达的
轰鸣与战栗，却一直没人在意
一直被更宏大的轰鸣和战栗所淹没

小叙事

杨树只需向上，它们会长成翻滚的旗帜
小麦正直，像一个个钢针的方队，阔步走
……在辽阔、苍茫的原野上
只有人需要不停地折弯自己，只有人
像风中羞愧的稗草，他们总是关节疼痛
灵魂疲惫，像孤独又笨拙的
大象在流浪

望天树下

属于天空的那一部分，一直都在天空中
尘世间，通往那儿的月光小路
又陡峭，又孤独
几只蚂蚁，在那儿跑来跑去

仿佛找到了一根无人认领的白骨，它们
那么惊慌，那么幸福

烟　花

我羡慕背着乳汁去流浪的孩子
大海上，他们长成了高大的椰子树，一朵又一朵
烟花。我姓祝，祝愿的祝
祝福的祝，身体里藏存着祖先们
沉沉浮浮的爱和担忧
我名立根，站立的立，树根的根
父亲和母亲已经预感到了什么
在我还未出生时，他们就开始祈祷
立根，立根，他们的叫唤像孤舟
立根，立根，人海人潮里
妻子渴望找到一块可以依靠的礁石
这愿望的美好，让我写波涛翻滚的诗
让我远行时不敢看他们的眼睛
让我摸了摸孩子的头……这美好
我也愿与你一起分享——祝立根
祝你到哪儿都能落地生根
即使在这吞咽的大海上，即使
你和我只是一朵又一朵，风中的蒲公英

春风谣
　　——在罗平县，从化石山看见油菜花海

万物都有咧嘴一笑的时刻
比如黑色的桃枝，炸裂出火焰
灰色的梨枝，吐露着白雪
垂头丧气的群山，此刻
在我胸膛之外，汹涌成波涛

比如石头里囚禁了一亿年的鱼
咧着嘴，它又望见了那片辉煌的大海

死火山

鸟儿曾经在这儿群飞
荆棘丛中，修建过一个个小小的窝
地下的小兽，曾经在这儿
开辟过一个个向阳的洞府
养育过毛茸茸的孩子
它们都不见了
只剩下空空的鸟巢和空空的洞穴
像火炬熄灭，大海再也没有波涛
像纪念碑没有内容，没有姓名
只有纪念

（选自祝立根诗集《孤山上》，长江文艺出版社2022年5月版）

《时间的礼物》诗选
/ 佟子婴

懂

——悲伤,从来都是一个人的事
说出来质量就会减轻几克
如同孤独,分担了
自足就打了折扣
有些事不适于言说
譬如山谷里的风
山顶的积雪
趴在崖壁上的那棵树
以及,林间细碎的阳光
洒在我被露水打湿的头发上
我可以带你来听鸟鸣
闻森林里雾的香气
感受落叶里季节的回音
但我描述不出这些事物的秘密
就像路上与自己的灵魂相遇
这些都是
拥有相似的灵魂才能理解的经历

雪的词义

雪，原本是冬天的花，开在屋子外面
很小，数量庞大，以无量数计
它们结网，盖住最高的山
以及无际的平原
雪于你，是枝头的梅，是红泥炉边的绿酒
是庭树飞花，是夜半折竹的脆响
雪下得极大，深埋脚踝，我面颊冰冷
在纯洁、绵软制造的困境中跋涉
荒原里暮色苍茫，掩埋尸骨
堆砌坟冢的，是猛烈的寒风
雪的简单：一种默不作声的高级
以最原始的味道，抢夺被娇惯的味蕾
用最直接的表达和无休止的耐心
把旅人推入空白，掉下悬崖

冰雪写意

隔着冰层注视清澈的河水，
我是世界最初的混沌。河水被冻住孩子气。
冬天的童话：一串串好奇被寒冷
俘获，嵌进冰层，那是河床变浅的呼吸。

旷野平整，铺着干净柔软的新床单。
凝结的时间，从枝头簌簌落下。
北风，眼眸灵动，跃上山冈——
扬起嘴角，扬起雪。

握在手中的杯子

　　风干是种常用的储存方式——干瘪、变色、失真，
　　只能保住原有重量的三分之一。

　　风一直在吹。那些翁葱的植物不值得信赖，
　　枯萎，是注定的命运。

　　水淌过的地方，干涸后留下水渍，
　　——那些湿漉漉的记忆。

　　握在手中的杯子，带着我的体温，
　　光滑、易碎，等着水渍出现。

　　——像每一个踏空的夜晚，
　　有一种脆弱的好看。

河岸一夜

　　渡口边的栈桥，被风雨劫掠：
　　狂野、粗暴，油漆剥落
　　木板纷纷翘起
　　缆桩——困顿的灰黑色
　　轻轻一推，就会倒进河里
　　天空吸饱了血
　　落日的余晖在河面闪烁
　　混沌从岸边的树林向四周蔓延
　　仓皇间，一只布谷鸟，把叫声丢进黑色的河
　　月亮躲进云层
　　夜，铺展开沉重的黑色
　　守夜的河水，小心地绕过沙洲

从夜色中穿过
一股南风吹向河岸——
树林里响起无法自抑的振翅声

失眠的人

那些在夜里醒着的人，
会做一些白天无法理解的事：
把有形之物摧毁，把无形的赋予意义。
不苟言笑的威仪被扔进垃圾箱——
尖叫声。警笛。不眠之夜被召回。
重播：每一次，改动部分文本，
最终原著被愿望代替。
失眠的原因无人提及。
像呼吸失去节律，昼夜的界限
逐渐消失。现实不容置疑，尽管
接缝处线头杂乱。
入睡越来越容易，寂静
向远方侵袭。
夜里偶尔还是会听见噪音，
一定是某个有睡眠障碍的家伙，又在试图
打破什么东西。

清明·问候

老房子不见了，狭窄的巷弄消失了
熟悉的事物剩下的越来越少
母亲不再嚷着回去，安静地躺在异乡的病榻上
夜晚太多，觉睡得太长、太久
她念叨过的名字，大都学会了跟她作对，很少再有回应
清明前一天，我去十字路口，遇到许多和我一样烧纸的人
一阵风吹得火苗蹿起，纸灰如蝶，那个被念到的名字，取走了纸钱

我替母亲问候故人，安顿一些曾经搁浅的叮嘱
一群名字在烟火里升腾
我在手心里焐暖喊出的名字
希望他日，也会有人如此念着我的名

晚　钟

旷野。一棵树，凝视着平静。

巷子里的老人坐进黄昏，房顶的屋瓦闪着光。

风越吹越低，趋于注定。

寂静在打开：从鹧鸪的叫声到灯火照不到的阴影。

写给妹妹

你，静止
在三十九岁。还需要六个月一十八天
抵达不惑之年：
那样，你是否可以更澄澈？甚至
可以逾越疾病，以及时间……
深夜，诗人赖特坐在前廊，排列着黑暗，保留他母亲的位置。这让我想起
我，和我们的母亲，替你保留着位置，在我们到达你的所在之前
我一次次把你从记忆里叫醒
说分别后的琐事，说褪色的童年，说父母日益苍白的明天
你默默地听着，看流水向前
你说，生活拥有的
仅仅是今天。
夜空深蓝。深得没有界限，蓝得无法抑制
大海泊在城市边缘，涛声遥远
我总是感到抱歉。为

每一次日出，每一次日落
每一个我能拥有，你却无法看到的瞬间。为
我活着你却离开的
每一天

写给母亲

母亲——
这个词，柔软而沉重
有着向内深入的寂静
作为女人，她也曾丰腴、圆润、高挂枝头
却满足于把自己作为祭品，供奉给生活
她在风中日渐皱缩：
一颗干瘪的果子
我望向躺在病榻上的母亲
她早就不再是果子。她是一截干枯的草茎
低伏在秋风里，尽管窗外是五月
她越伏越低，每一场风都可能将她吹折
我切开一个苹果：
清甜，水分充足，香气四溢
女儿把一小块苹果放进姥姥的嘴里
正午的阳光：温暖、明亮
照耀着三代人
女儿并不知道，从出生那一刻
她就已经开始领受
女性的命运

异己者

我知道，你需要成为异己，以获得
存在的意义。世界之所以存在
只因为你用它界定自己

你追逐完善
妄图制造一种纯粹的黑暗
阻隔世界——
与事物保持必要的距离。只留下
赤裸的自己，面对自己
真空。词语在逃逸。寂静在黑暗里发光
此时孤独不需要回声
风在穿行
被劈开的空气，重新在四野聚拢

在海边

视线一旦离开那只船，它就开始消失：
一个认知，正逐渐失去意义

船坞里的航母还在，不知道还要多久
它才能以一个完整的概念出现

海风很轻，我坐在伞下的一小片阴影里
感受大海的平静

冰淇淋带来的快乐，大过抒情
阳光告诉我，虚构在生活里无用

（选自佟子婴诗集《时间的礼物》，长江文艺出版社2022年5月）

琳子
《树林》
19cm×26cm
黑白针管笔

域外

鲁米情诗

/ 莫拉维·贾拉鲁丁·鲁米 著[1]
/ 黄灿然 译

如果在恋爱中,那就背弃忧伤。
见证婚礼,就背弃哀悼。
成为海洋,就把船倾覆。
背弃世界。
成为世界。

我既没有和你在一起
又忍受不了没有你。

和我争吵。
这场争吵多甜蜜。
找借口,因为找借口是美人的时尚。

我不期待忠诚。
残忍是美人的天性、习惯和宗教。

---

[1] 莫拉维·贾拉鲁丁·鲁米[波斯],生于1207年,原名穆罕默德,贾拉鲁丁则是他的称号,意思是宗教圣人,后来他也被尊称为莫拉维,意思是大师、长老。鲁米在波斯文学史上享有极高的声誉,他与菲尔多西、萨迪、哈菲兹齐名,有"诗坛四柱"之称。

讲逻辑的人永不会理解醉鬼的激情。
警觉的人不会理解一颗无意识的心。
醒来时看见恋人们酩酊大醉相聚狂欢的国王
将从此不理睬他的王国。

爱不能在智慧、知识、书本和论文里找到。
恋人们的途径不是日常谈话的途径。
爱的树枝在我们的世界之前就生长了。
它的根茎持续到永恒里。
它不在天空或大地上停留。
它没有树干。
我们背弃逻辑。
我们惩罚欲望。
逻辑和欲望不值得尊重。

我全都试过了。
我就最喜欢你。

爱只是发生。
不能学。

逻辑阻止我们,走在路上的我们,还有你们,恋人。
年轻人啊!
扯断这锁链。
路出现在你面前。
别问我爱的去处。
别问任何人爱的去处。
只向爱问爱的去处。
年轻人啊!
爱说话像云下雨,
散布话像散布宝石。
年轻人啊!

爱不是柔弱、沉睡中的人的工作。
爱是英雄的工作、勇士的工作。

没有爱的人生根本就不是人生。

讲逻辑的人不费力就在事物中找到乐趣。
对恋人来说,费力是荣誉。
爱是芳香的。
它不能藏着,它的力量不能掩饰。

很久以来我们哭泣,而我们的离别微笑。
今天是我们的离别哭泣而我们微笑的时候了。

说到爱,知识即是无知。
因知识渊博而备受尊崇是多么容易。
无知者属于爱。
充满知识的人对爱视若无睹。

对于绝世美人,忠诚是不必要的。
你是黄脸恋人。
要有耐性,要忠诚。

没有梯子可以抵达贫困和信仰的屋顶。

无激情的人才会留在忧伤之屋。
在无激情的心里找不到你的秘密。
只有你不害怕的才是你应得的。
恋人的心无所畏惧。
它直达天外。
你的痛苦来自那个你误以为拥有药方的人。
你称为忠诚的,其实是谎言和诡计。
爱居住的地方,没有灵魂的立足处。

有疯狂的地方,逻辑就不能飞。

虽然无罪,但我是她的奴隶,而她惩罚。

火的职责是发怒。
蜡烛的职责是流泪。
我们的职责是忠诚和服侍。
心爱之人的职责是不忠。

爱。
半依赖,半独立。

牛奶和糖再次混合。
恋人们混合。
黑夜和白天移开,太阳和月亮混合。
美人们和恋人们的颜色
混合如银和金。
善,恶。
干,湿。
全都在自然里。
善和恶混合。

我心爱之人变得稍微体贴了。
昨天她似乎快乐些了。
昨天,美人们的春天啊,
昨天她微笑而我的生命变得稍微好些了。
我的花,有一百片叶子,显得很欢乐。
我的花园变得稍微嫩绿。

心啊,她意识到你!
和她坐在开花的树的阴影里吧。
别再毫无目标地在香水集市的

一个个摊位间流连。
直接走向那个有糖的。
并非每根甘蔗都包含糖。
并非每次下降都有上升。
并非每只眼睛都能看见。
并非每个海洋都包含珍珠。
有一颗新鲜的心,你变成一棵开花的树。
每个小时你都提供果实,你走进内心。

奇妙事物属于眼睛。
幸福欢乐属于灵魂。
美带来的醉意、心爱之人造成的煎熬
属于头脑。
爱应该永远冲上云霄。
理性追求知识和风度。

别让追求者心碎。
别残忍。
美丽的月亮啊,求求你!
就连笃信者也从不牺牲脆弱者。

恋人的宗教告诉我们,通过你来看世界
而不是实际看到你,是不公平的。

大地用一百种不同的语言回应
来自天空的言语。
你啊,天空的爱好者,请善待那些
讲述上升的故事的人。

我们,来自天堂,正在上升。
我们,来自海洋,正在沉入水里。
我们不是来自这里。

我们不是来自那里。
我们不是来自任何地方。
我们不去任何地方。
我们是灵魂风暴中的努哈方舟。
我们旅行而没有手。
我们旅行而没有脚。
像波浪，我们从内部涌出。
我们在内部爆炸。

这里是我。
那里是世界的悲伤和欢乐。
这里是我。
那里是对大雨和阴沟的担忧。
为什么我不回到我原来的世界？
这里是我的心。
那里是对尘土的探索。
你们，鸟儿啊，有翅膀并飞向天空。
这里是你们。那里是屋顶和上升。

（选自雅众文化公众号2022年2月14日，及《火：鲁米抒情诗》［波斯］贾拉勒丁·鲁米著，［伊朗］阿巴斯·基阿鲁斯达米编，黄灿然译，雅众文化/北京联合出版公司2019年7月版）

比尔·曼海尔诗歌

/ 比尔·曼海尔 著[1]
/ 梁余晶 译

情　诗

并不需要
做选择，但却
用了很长时间。

爱留下的空缺，眼睛
与空腔，回溯到
一次次拥抱

那时脊柱弯下
变得平静
如同地下的烟。

---

[1]　比尔·曼海尔（Bill Manhire，1946—　），新西兰诗人、短篇小说家，惠灵顿维多利亚大学荣休教授，也是新西兰首任桂冠诗人（1997—1998）。所获主要奖项包括2007年总理文学成就奖与2018年艺术基金偶像奖。曼海尔为苏格兰后裔，1946年12月27日出生于南岛最南端的小城因弗卡吉尔，1970年毕业于奥塔哥大学，获得学士及两个硕士学位，后又进入英国伦敦大学学院，1973年再获硕士学位。曼海尔的诗歌创作开始于大学时期，在达尼丁，他的早期诗作就已发表在各种文学杂志上，包括新西兰的招牌刊物《着陆》。在伦敦留学期间，许多英国刊物也发表了他的作品。其首部诗集《病》于1970年出版。

你的舌头，触碰到歌，
黯淡了所有的歌。你的触摸
几乎是一个签名。

诺　亚

我抛弃了那支糟糕的乐队
加入了一支好乐队：我觉得
我们会用音乐的洪水淹没世界。
第一场雨到来，很快树木
就不知怎的长出了水面——
我们从森林中央穿过，
乘坐独木舟。
最终我们造好了船，
那条著名的船，有无数窗户和多层
顶篷的甲板。一些曾经是山的物体
从我们身边驶过。整个世界
都已消失，只剩天空。哦对，
我把乐器带上了船——有些来不及带，
确实如此。至于动物，我真不知道。
有人带了。我想我们吃掉了一些。

诗

我们触摸时，
森林进入我们的身体。

阴暗的风摇动着树枝。
阴暗的树枝摇动着风。

凯　文

我不知道死者会去哪里，凯文。
我知道的唯一遥远地方
是在那台笨重的收音机里。倘若我深夜聆听，
它会发出昏暗、天空般的微光，
带着山洞的重量、蜂巢的重量。

音乐。有个人在火边暖手，
折断了许多椅子的扶手，
弄坏了许多张床的粗野身板，烧掉他的舒适，
当然是为了活着。很快他就无法看见了，
于是，他静静地听：接着有人把他抬起，
那是一场可怕的早餐秀。

那里有许多父亲与母亲，凯文，我们基本不认识。
他们抬起我们。最终我们都会
进入那台收音机黑暗的匣子。

孩子们

有种可能性是
孩子们会死去
你不插手他们也会这样。
那会是在春天，
水面上有光，
或没有。

尽管现在
他们生活在一起
他们却不会死在一起。
他们会一个个死去

不会想到给你打电话:
他们会变老

你也已经不在。
那会是在春天,
或不是。他们也许会横穿
马路,
不看左边,
不看右边,

或者也许就是在黄昏时漂流
如同云朵,无法
将船修好。那一个
总说个不停,这一个
又不会说话:他们都很享受

水面上的光
正如我们很享受
无限拖延的感觉。是的,
这故事很荒诞,但你不觉得
充满了希望? 他还只是个小孩,
但你要看着他长大。

夏　天

1
它如此之白。

它在雪下分裂。
它独自醒来,一种极致的快乐。

2
想象这页纸是一块雪下的

小围场，或不如想象
这一页纸是雪

盖住了那个围场
那么这些诗行

一定是深夜动物们
在白茫茫中留下的足迹。

或围栏。或树
刚刚冒险探出头来。

3
也许这里还有恋人们的身体，
尽管肉眼几乎看不见。

4
看见了吗？

偶尔，有人会想，
某段婚姻可以庆祝一下。

5
或者，也许这个词是块巨石，
或这个，或这个

或这个，是块石碑，
诗人坐在上面，有些孤独，
说："见鬼，又一首杰作。"

（选自《星星》2022年4月中旬刊）

推荐

推荐语

/ 张二棍

安静生活，低调写作。诗人李长瑜仿佛孤身潜行在远离凡尘的甬道里，而诗歌是他随身携带的一盏油灯，映照着他，也温暖着他。一如他自己写下的诗句，"而另一个人，一直安静着 / 不被打扰"，我愿意把他的每一首诗歌，当成一个个不被打扰的秘密，或许，在这组诗中，我们可以窥探出他的丝缕心绪。

《致远》一诗，写出了精神与肉身的双重时空之厄。而《纪念》中，"沙子"近乎我们每一个人在滚滚红尘中的现时写照。"有一种逃犯是幸福的 / 像在众生中被辨识，像星空灿烂 / 而遥远……"多么超脱却忧伤的诗句。这是一组"随顺自然"的素朴之作，作者秉持着自在与达观的态度，以无拘无束的口吻，书写出世事苍茫的况味，灯火烛照的幽微。他把眼前万千细节，都捉拿回自己的内心，并将之萦绕成不绝于耳的扪心自省。

在写作中，李长瑜并没有拘囿于清浅的描摹，而是以四通八达的想象力，把一个个常见的景象，带入更加广阔的场域中，让它们成为熠熠生辉的景观，诗歌也由此缔造出巨大的时空感与宿命感。譬如《现实》一诗，起笔就非常陡峭，"我在一本书里藏好了逃亡的路"，瞬息间将人与书的关系，衍生出近乎咒语般的隐喻。而后，作者马不停蹄，每一行都寓言般冷峻而萧索，回荡着人过中年的感悟，萦绕着饱经世事的哲思。在他的书写下，陌生的万事万物，都可以打破时空的桎梏，彼此神秘呼应。"明月和星空需要照看""……做一枚签，/ 或者成为标本 / 不无辜，也不庆幸"……在李长瑜的诗中，这样感性而别致的句子，珠贝般俯仰皆是。

腹中辞
/ 李长瑜

致 远

我可以
装聋作哑，不说话
我可以只背靠
一枝花

可我不能远逝
还有明月和星空需要照看
还有良心等待修缮
还有仇恨未曾和解

我 们

你并不能证明你就是你
有一天我会路过天堂或者地狱
像风吹竹林，经过你的美
和丑。我可能并不会惊讶于
那些未知的好事和坏事，也可能过于惊愕
因而忘记了面对天空或者内心

照一照自己
如果你向我伸出手,掌纹还在
如果掌纹消失,骨骼还在
如果骨骼消失,密码还在
如果连密码也消失了
我,会留下来

止于此

月光有些凉。月
在两天前圆过,现在,它的右上方
稍稍有些塌陷
露台上的小圆桌,围着四把椅子
我坐一把。其余三把
刚刚有人坐过
天空的颜色幽暗
却像是埋藏着深远的光
这让我想起一些历史里的人
树的剪影晃动,又像是走过
几个熟悉的人

此时群星隐忍
输给了万家灯火

现　实

我在一本书里藏好了逃亡的路
它的厚度,不仅适合谋生
或许还能挤进几个亲人
挤进一些往事
我也试图安装一道暗门
怀念深重的时候
封底的莲花

或许会授受秘咒
让我的回归，成为一段时光的回归

可这本书，已先于我逃亡了
我的书架上
开满了尘世的花

纪　念

他活着时
没有叮嘱过我什么
他死去，也不需要我为他保守秘密
他的世界很小
小到沉寂。他活着
或者死去，就像是一小堆沙子
中的一粒，只有相邻的几粒沙子
知道。只有相邻的几粒沙子
平静
或者悲伤

浅夜辞

没有什么是可以不还的，只有分量
可以商量。像青草变黄
水分丢失
如果出生是一次借贷
自首，似乎并不会被谅解为坦白

一些事物经过相邻的小院
经过丁香与玫瑰，在树下
或者葡萄架下停留
也只是暂时躲过了时光的追捕

有一种逃犯是幸福的
像在众生中被辨识，像星空灿烂
而遥远

扑　火

似乎很近，故事里没有通道
也找不到秘密。蝴蝶与蛾的区别
显然被夸大了
我不在高处，也不在低处
能够摸到风，像树一样
易于呼应
也像人们习惯的那样
易于飞入
一本普通的书。做一枚签
或者成为标本
不无辜，也不庆幸
就像是蝴蝶还是蝴蝶

而另一个人，一直安静着
不被打扰

自　语

我也是一个未解之谜。同你一样
我们有细小的缝隙，我们发微弱的光
有时罪恶深重，有时悲天悯人
下雨时或者莫名的感伤，或者窃喜
我曾反复地抛一枚硬币
正反两面，像写下一个人的名字
再擦去
抽屉里有多年没有寄出的信
常常想起你说过的话

比如:"因为恨,无法忘记"
同你一样,我也会在某个俗常的下午
无比安详。

腹中辞

它不是一个饱满的词。可以瘦削
但不能羸弱。可以不冷、无光
可以锈迹斑斑,但不能坏了筋骨
不能蚀去内心的尖锐
我愿意,愿意收藏这样一把匕首
入梦前,垫于我劳损的腰间
或永久埋入我温热的肚肠
我不说出它
它不离开我

序

鸟鸣没有绽开。有少许黑暗
沙哑,撕扯
这个季节的早晨
总是跟在人们的后面。道路
像汹涌的河流

也许并不相关,枝头的叶子
一片一片掉下来
铺满小街
那个穿黄背心的人,扫成堆
装成袋,运往尽头

剧　情

一只乌鸦的啼叫声，往往决定了它
被喜欢的程度。有时预言成真，并不比缄默
更能立于不败之地。冬日长安街的夜晚
树上的乌鸦像浓密的叶子
却不会有一声鼓噪。它们的默契
远胜于一个团队的默契
有人站在西单大悦城的连桥上
跟它们合影。有人做投掷状……
它们始终像是安静的观众
不参与舞台上的剧情
有人放心地在它们的围观下拥吻
有人爱情丢失
似乎，也无关它们

火烧了一夜

火烧了一夜
等我醒来，它才平静下来
它的余温，不仅让我想起一些人和事
它让我此时
更想要一根火柴。你看
架上那些书页
写满了诗歌、故事，和哲学
还有我们的书信
还有我们撞上和错过的爱情
这些都是上好的引火之物
包括那片
仍在值守的窗帘
有时我会相信万物的宿命

有时，我需要手术刀向内切开
有时像现在一样
渴望一根火柴

春花辞

蓓蕾打开是花开
打开蓓蕾是开花
之前都属心事，或有隐情
喜悦与苦楚
也不是蜂蝶能够知道的

今年的春天在远处
门被锁住，窗在另一个方向
我不知道你
是否还能像花一样开放
你若不开，我会惆怅
你若盛开
我会心伤

多年以后

路灯并不比月光更亮
我揽过你的肩膀
树干上的眼睛，有的闭上了
有的还睁着
护城河里有一些反光
河水黑暗、缓慢，不知去向
偶尔经过的汽车
是另一种沉寂

多年以后我才意识到

你正是从那一晚走失的
多年以后,我审问过那些树上的眼睛
它们有的还睁着
有的闭上了

雨　季

有时天空阴暗
会带来一些凉爽。有时雷电
带来不同的雨
我并不讨厌阵雨的慌张
或者猝不及防。却有点喜欢
雷声过后的细雨
如诉如泣
我可以像一个局外人,隔着窗
似懂非懂。其实我也早已过了
听故事的年龄
讲故事,或者写故事,又会因为
那些小恶小善,陷入难以拿捏的困倦
而大是大非是不能说的
也说不好
——那是暴雨的权限

中国诗歌网作品精选

雾中候车
/ 明明如月

南地1号公路。两旁的小树
我亲手刷过白漆。
砖窑厂还在生产,每次出远门
父亲都送我
赶在凌晨四点前。
有一年冬天,我们抱来玉米秸
烤火。火苗上蹿下跳,灰烬中也有叫声。
当时我还不矫情,没有别意,
生活的啼哭也没开始。
旷野,被大雾笼罩,
通往县城的班车迟迟没来。
行李靠着我,我靠着他,
潮湿的气息不停升起
往身上扑,在我们面庞上翻滚。
忘记说过什么豪言壮语
我也看不见那年的冬小麦如何青,
他的黑发如何白。
现在想想,有人送总归是好的。

慈寿寺塔
/ 吴小虫

昨夜又有叶子飘落
人世盲目而快速
空调排出的废气吹在脸上

什么指引你去慈寿寺塔
还在光绪的那场火中徘徊

不断出生从未醒来

呆板看着呆板，老母鸡霸巢
商民骑跨骆驼——那驼峰
和塔尖形成的波浪

让你捉襟见肘不得已
"最大的罪孽，烧了父亲的照片"
污点，即使站在风高处

也是在慈寿寺塔底端
祈求忏悔，匍匐，成一堆泥土
意外长出了温情的玫瑰

树　人
/ 秦立彦

狮身人面，半人半马。
也许将来会有一个新的物种，
是树与人的结合，
生满了枝叶的人。

他像树一样以阳光为食物。
他拿起杯子，
浇灌自己。

他不需吃掉别的生物，
自己才能活着。
他没有罪恶感，
也不会被饥饿啃啮。

我看见他在阳光下行走，

一边整理着自己的叶子，
每一片都闪着光。
他站着的时候，
一只鸟飞来，落在他头上。

春　夜
/ 向武华

春天来了。夜晚，我们去
另一个村庄看电影
田野里黑压压的人头
花朵在怒放，看不见它们的身影
只有河水和花香一起上涨
月光比银幕更广大，也更苍白
一只隐形的手握着指挥棒
青蛙在湖边高亢地合唱
"即使他们当中有一个人身处逆境，
他们仍然深深相爱。回忆着
下雪的车站，眼睛噙满热泪。"
剧情很简单，却令人动容
三月的肉体疲惫又热烈
万物由于拥有灵魂而得以重生
回来的路上，我们似乎也克服了
最艰难的时刻，默默无语
关于爱的真谛，达成了一致

四　月
/ 雅北

我绕过它，在树篱笆后的紫荆花丛
清气落在细小的枝叶上
一颗紧缩的果球快速滚动起来

这是四月，红色羊蹄甲和阔叶草
在我注意之前就已被仔细观察过
光踏向湿漉漉的途中
易受惊吓的小动物体内清澈
此时，还不算晚吧
在雨前面我听见了父亲的声音

有时，我从一些斜移的枝条掠过
长时间在充沛的阳光下漫步
我的周围是一些闪亮的花朵
仿佛我第一次见到它们
略带忧伤的甜蜜应允不安的童年
我这么缓慢地将日子过长
在父亲的单车上，一种多年后的
草本植物，正把光遗留在紫荆花的园林

野菊来函
/ 路也

诗人你好，我已在村路和山崖开放
一朵朵，一簇簇
毫无疑问，我姓陶

我的清香已渗进秋天的动脉和静脉
石头和石头受香气牵连
结为了兄弟

我已有了一件风的罩衫
还缺一件薄雪的外套
在秋天和冬天的门槛上，我才开得最好
倘若你肯为我写首诗，我就什么都不缺了

你何时到南山来
我想请你指挥一个漫山遍野的乐队
在这里写诗，写坏了也值

是的，我已得到天空的允许
成为一丛野菊，不进入任何园圃

佳期如许，恭候诗人到来
南山野菊敬上

树
/ 陈东东

从树的根部进入并生长。有如灯盏
军舰鸟们成熟的喉囊倾斜着入海
海，海峡，鱼和水草的天青色姓名
我们周遭的冷风是光
是秋光和众星敲打树冠的光
树皮粗粝，我们在它覆盖下生长

而后我们将引导着它。这些树苍老
白，阴影已喑哑，默对着
翅膀狭长的军舰鸟之月。我们引导
树进入海。海，海峡
鱼和水草的天青色姓名
树的周遭有寒冷的光，有秋光和
众星敲打思想的光
树皮粗粝，我们的灯盏在前面照亮

什么地方
/ 王家新

山谷中充满了雪,岩石开始裸露
就在我们去年走过的路上
开出了杜鹃

一声鸟鸣,廓开了整个天空
我们对尚未到来的事物说
来吧!我们在这里

生命是一道山坡
向阳的地方辉耀着阳光,那样明亮
但是现在
我们被冬天的精神充满
我们仍在山谷里走着

不知从什么时候开始
也从不到达

与妻书
/ 刘康

你说抓取,用双手紧握那条
即将松散的缰绳,但马匹还是脱缰而去
我想到了我们的父亲,中年的威严
已日渐稀薄,如果不依靠缰绳
我们还会不会再回到他的栅栏
一切都未可知,我不能以预估的方式
进入另一个人的晚年。但能想象
失去缰绳后的马匹也未必会去到

另一片草原。头顶是蔚蓝的天，只有
等待归人的大门才会在夜晚敞开
有时是一阵风，有时是一道
一闪而过的虚影——并非错觉
背向而行的人也会绕回原点。现在
我把持有缰绳的右手握住你的左手
不必再为父亲感到担忧，距离我们
夜不闭户的时日已然不远，我们需要
相互依偎，共同面对夜风的吹拂

晚　祷
/ 柏桦

午后的光景太长了，
在欧洲的童年时代，
晚祷从什么时候开始的？
灾难作家、死亡作家、恨人类的作家
我希望你们都不要到场

宗岱先生，我也在想……
1924年，6月1日这天
你还在悔恨地沉思着狂热的从前吗？
晚祷"在黄昏星忏悔的温光中
完成我感恩的晚祷"。

地大水大火大风大，散光了
虾子怎么死的，蚂蚁怎么死的
生命难得，方生方死多么快呀
大海盲龟穿木——
早饭过后是午饭，晚饭说来就来了

想想这个道理，晚祷……

想想为了像歌德说的那样,
人应该在老了的岁月里变得神秘
我们是否必须念念不忘
那些曾经带给我们痛苦的人?

松枝长得很高
/ 夏午

  松枝长得很高。
  一不小心,就与地上奔走的人类,
  拉开了距离。

  松果落到地面,哪儿更低,
  它去哪里。
  一不小心,就被地上奔走的人类,
  踩中了身体。

  靠在树干上,想起月形村,
  漫山遍野,到处都是这样的松树。
  从山下看,它们很高。
  跑到山顶往下望去,每一株又都很低。

  深秋的傍晚,外祖母去山里捡松果。
  直到天黑了,才回到屋子里
  给我们掌灯。

  每次灯被点亮的时候,她身上
  淡黄色的松香,都会像波纹一样
  扩散到房间的每个角落里。

  "松树啊,是从记忆深处生长出来的树。"
  我一直记得。

琳子
《劳动者》
19cm × 26cm
黑白针管笔

评论

实验与选择，变奏与互动
——百年新诗的六个问题

/ 张清华

"风起于青萍之末"，这是中国人古老的思维；而从现代意义上，加勒比海上的风暴，据说有可能缘于一只蝴蝶的翅膀的扇动。这两者的表述虽然接近，但前者显然是神秘主义或形而上学的思维，而后者却是出于科学的推测。

大约在 1916 年，新诗出现了最早的雏形。在 1920 年上海亚东图书馆出版的胡适的《尝试集》中，开篇第一、二、五首的末尾落款所标出的年代，是"五年某月某日"，也就是 1916 年的某个时候。第三、四首没有标出时间，但按照此书排列的时序，大约可推断这两首也是写于 1916 年。由此我们大概可以得出所谓"新诗"诞生的最早时间。胡适曾言，在更早的 1910 年之前，自己也曾尝试写诗多年，在美国留学时与任鸿隽（叔永）、梅光迪（覲庄）等人还多有唱酬之作，但大约都不能算是"新诗"了，虽然比较"白"，但在形式上并未有突破。

遍观《尝试集》第一编，所见十四首中，唯有第五首《黄克强先生哀辞》，算是散句凑成，其他篇什基本都是五言、七言，偶见四言的顺口溜，个别篇章如《百字令》算是俗化的长短句。"新诗"到底"诞生"了没有，还不好说。然而，随着 1918 年《新青年》第 4 卷第 1 号刊出了胡适的《鸽子》《人力车夫》《一念》《景不徙》四首，以及沈尹默的三首、刘半农的两首，没人再否认"新诗"的诞生了。若照此说，那么"新诗"诞生的时间点，应该是 1918 年了。

好坏则自然另说。胡适在《尝试集》之《自序》中，不厌其烦地记录了他的诗所遭到的批评与讥刺，悉数搬出了他之前与任、梅诸友之间的不同观点，且"剧透"了他的《文学改良刍议》最早的出处，是 1916 年 8 月 19 日，他写给朱经农的信中的一段话,所谓"不用典"等"八事"。笔者此处不再做前人都已做过的诸般考据,只是接着开篇的话说,新诗并非诞生于一场多么壮观而伟大的革命,而是一个很小的圈子中的个人好恶与趣味所致;其文本也不是多么了不起的惊人之作,而是一个小小的带有"破坏性"的尝试。连最好的朋友也讥之为"如儿时听莲花落","实验之结果,乃完全失败是也","诚望足下勿剽窃"国外"不值钱之新潮流以哄国人也"。[1]

何为"青萍之末"?不过是三两私友的唱酬和激发,催生了一种新文体的萌芽,由此引出了一场百年未歇的诗歌革命,这算得上是一个明证了。然这还不够生动,还有更妙的因由——历来读者都忽略了一点,在这篇《自序》中,胡适开门即交代了一件有趣的事情,就是他为什么开始写诗。适之说,他自"民国纪元前六年(丙午)",也就是1906年开始"做白话文字",在第二年,也就是1907年开始读古诗,产生了最初的写诗冲动,是缘于这样一个常人难以说出口的理由:

> 到了第二年(丁未),我因脚气病,出学堂养病。病中无事,我天天读古诗,从苏武、李陵直到元好问,单读古体诗,不读律诗。那一年我也做了几篇诗……以后我常常做诗,到我往美国时,已做了两百多首诗了。[2]

笔者提醒诸君的不是别的,正是适之先生作诗的缘起,是因为——"脚气病"。如果从福柯的角度看,这算是一种看取历史的方法;如果从中国人古老的思维看,便是起于"无端",所谓"起于青萍之末"的偶然了。

但细想这偶然中岂无必然?如果说旧诗是止于高大上和没来由的"万古愁",那么新诗便是起于矮穷矬且钻心痒的"脚气病"。这其中难道没有某种寓意,某种"现代性寓言"的意味和逻辑吗?

终于为"百年新诗"找到了一个有趣的起点。胡适所引发的历史转换是全方位的,信息十足丰富。由此开始新诗的道路、方法、性质和命运是对的——虽然我们也会隐隐担心,他随后到美国留学,有没有把这难治的脚气病带给异国的同窗和朋友。

---

[1][2] 此是胡适在《自序》中所引的梅光迪与任鸿隽的批评,摘自他们的通信。见《尝试集·自序》,上海亚东图书馆,1920。

一、写作资源与外来影响："白话"与"新月"的两度生长

"威权"坐在山顶上,

指挥一班铁索锁着奴隶替他开矿……

最初的尝试是令人疑虑的,由"脚气病"所缘起的白话诗的味道,并不能够"与人以陶醉于其欣赏里的快感",而仅在于"与人以放胆创造的勇气"。[1] 很显然,即便是受益于胡适的放胆所带来的新风的人,也不太愿意承认他努力的价值。但假如我们持历史的态度,就不应轻薄沈尹默、刘半农、康白情、俞平伯、周作人等这些人所做工作的价值。事实上,在《尝试集》中也有着类似《威权》这样的作品,其中的"威权"的意象,被意外而又诗意地人格化了,它坐于山顶,驱役着一群戴锁链的奴隶。"他说:'你们谁敢倔强?／我要把你们怎么样就怎么样!'"这是否是在不经意间,也彰明了诗的品质呢?该诗后来的自注中说:"八年六月十一日夜……陈独秀在北京被捕;半夜后,某报馆电话来,说日本东京有大罢工举动。"这首诗中的信息量显然很大,不只表达了对于统治者的愤怒和睥睨,更关键的是,还显露了"现代诗"惯常的转喻与象征的笔法。《尝试集》中这样的妙笔虽少,却不是无。

这就涉及新诗最早的关键性"起点"的问题。有人强调了周氏兄弟的意义,朱自清说:"只有鲁迅氏兄弟全然摆脱了旧镣铐,周启明氏简直不大用韵。他们另走上欧化一路。"[2] 这十分关键,他启示我们,胡适等人虽属留洋一派,但写作灵感主要却是来自传统古诗的熏染,是从"乐府"等形式中脱胎的,故其作为新诗的革命性还是相对保守的;而周作人的《小河》却是起笔于象征主义,是来自西方的影响。

这是一个非常重要的思路,由此我们可以来深入探查一下新诗之诞生,与中外特别是外来资源之间的内在关系。这其实构成了新诗最初的关键的道路问题。

显然,最早的一批新诗作者,主要是来自留美和留日的一批写作者:胡适、康白情留美;沈尹默、郭沫若和周氏兄弟留日;刘半农是先留英后改留法,但他

---

[1] 陈子展:《最近三十年中国文学史》,上海太平洋书店,1930。

[2] 朱自清:《中国新文学大系·诗集·导言》,上海良友图书印刷公司,1935。

彼时尚未曾受到法国诗歌的影响。如果比较武断地下一个判断，就是这批最早的写作者，尚停留于形式选择的犹疑中，暂未找到一个比较理想的"作诗法"。事实上，包括《小河》在内的写法，基本还是散文化的"描述"。尽管康白情在其《新诗底我见》的长文中，也早已注意到了"诗与散文的分别"，也强调了"诗底特质"是"主情"，但实在说，这并不构成真正的"排他性"，即便白话诗人们意识到了"把情绪的想象的意境，音乐的刻绘写出来"[1]，他们作品的质地却仍然难以脱离散文的窠臼。究其实质，概在于其思维与想象的陈旧与匮乏。所以，截至1919年秋，郭沫若开始在《时事新报·学灯》大量发表作品为止，新诗尚处一个"青萍之末"的萌芽状态，"风"并没有真正刮起。

如何评价初期白话诗，包括评价郭沫若，不是本文的意图。此问题见仁见智，实难有定论。笔者想提出的一个问题是，接下来新诗在1920年代的迅速发育，主要是基于两个重要的影响来源，或者说，是两个不同的背景资源，导致新诗出现了两个明显不同的美学趣味和取向，而这一分野几乎影响和决定了新诗接下来的道路。这两个来源，一个是英美一脉，上承胡适，接着就是留美归来（1925）的闻一多，以及留美始、留英归（1922）的徐志摩，他们构成了"新月派"的主阵容；再一个就是稍后留法归来（1925）的李金发、先留日后留法而归（1925）的王独清，以及留法的艾青（1932年归国）、戴望舒（1935年归国）等，他们所形成的"象征主义——现代派"一脉。夹在中间的，是留日的一批，留日的穆木天，虽然与创造社关系密切，但他主攻的乃是法国文学，所以又比较认同象征主义诗歌。至于创造社的核心成员，郭沫若、成仿吾、郁达夫、田汉等，则基本属于浪漫主义一脉，除了稍晚些的冯乃超表现出倾向于象征派的趣味，其他人基本没有受到现代主义的影响。

这三个阵营，或者说三个文化群落，因为留学背景、所受影响、文化认同、艺术趣味的差异，而体现出了不同的追求，并且显形为差异明显的美学流向，由此构成了新诗发展重要的源流与动力。

先从"创造社群落"说起。

这批人的鲜明特点，就是瞧不上初期的白话诗。成仿吾在《诗之防御战》一文中，将他们出现之前的诗界，比喻为"一座腐败了的宫殿"，"王宫内外遍地都

---

[1] 康白情：《新诗底我见（有引）》，《少年中国》第1卷第9期，1920年3月。

生了野草"，"《尝试集》里本来没有一首是诗"，不只"浅薄"，更是"无聊"。他还列举了康白情、梁实秋、俞平伯、周作人、徐玉诺等人的诗，将之视为"拙劣极了"的"演说词"与"点名簿"之类的东西，总之都"不是诗"。[1] 穆木天在给郭沫若的信中说，"中国的新诗的运动……胡适是最大的罪人。胡适说：作诗须得如作文，那是他的大错……他给散文的思想穿上了韵文的衣裳"。[2] 如今看来，这些话确乎刻薄了点，但又大体不谬，从历史的角度看，白话新诗确乎只是完成了诗歌形式的解体或破坏，而并没有找到关键性的内质所在。因而无论怎么批评，都是有道理的，正如从历史的角度，怎么肯定其意义也都是有理由的一样。

那么，郭沫若与创造社诗群的价值又体现在哪里呢？这就是与胡适们相比，所体现出的"诗性思维"的生成。用郭沫若的话说，就是他在给宗白华的信中所列出的"公式"："诗＝（直觉＋情调＋想象）＋（适当的文字）"。[3] 从同一篇文字中看，他明确注意到了"直觉""情调""想象"乃至"意境"这些要素与范畴，而这些我们在胡适们的笔下都是未曾看到的。显然，他通过西方哲学中的泛神论，与中国传统诗歌中的言志与抒情传统的结合，找到了写作的艺术门径，由此也不难理解，为什么是他写出了《女神》而不是其他任何人。再者，从中我们还可以看出，郭沫若喜欢的诗人主要是泰戈尔、歌德、雪莱，他倾心的是德国的文化，尤其崇敬歌德，因为他喜爱斯宾诺莎的哲学。由此可看出，郭沫若的主要影响资源，确乎是从启蒙主义到浪漫主义的欧洲思想，他在推崇歌德的时候甚至还说，"我们宜尽力地多多介绍，研究，因为他所处的时代——'狂飙时代'——同我们的时代很相近"。

我不想在这里对《女神》中的篇章做更多甄别与细读，我愿意承认，在白话诗一时脱下了传统衣裳，显得有些尴尬"裸奔"的情形下，是郭沫若为新诗找到了形象思维，将实现了形式变革的新诗，推向了一个能够称得起为"诗"的地步。尽管他的诗体也同时存在着过多形式的冗余，诸如频繁的复沓、咏叹、夸张，徒有其表的气势，并不迷人的歌性，等等，但毕竟可以叫作"诗"而不再是"顺口溜"了，这算是新诗迈出了第二步。第一步是"诞生"，聊胜于无；第二步则是

---

[1] 成仿吾：《诗之防御战》，《创造周报》第1号，1923年5月13日。
[2] 穆木天：《谭诗——寄沫若的一封信》，《创造月刊》第1卷第1期，1926年3月。
[3] 郭沫若：《论诗三札（二）（给宗白华）》（1920年2月16日夜），见《郭沫若论创作》，上海文艺出版社，1983。

无愧于作为"诗",仅此而已。

如此一来,接下来的两个流脉就显得殊为重要,因为他们完成了关于第三步的分化与竞技,实验与选择。一个是有英美背景的"新月派",另一个是有法德背景的"象征派",他们一则注重抒情和形式感,二则注重想象与暗示性的内在元素,如同新的招投标,为新诗的建设提供了两种方向和模型。

先说"新月派"。此一群落的形成,一是因为留学背景接近,英美的文化有内在的一致性;二是也有因受到"创造社"成员的讥讽而导致的反向力的推动。他们到底提供了什么?从有限的资料看,无论是徐志摩还是闻一多,他们所受到的英美诗歌的影响,主要还是更早先的浪漫派的影响,彼时在欧洲大陆早已兴起的象征主义、现代派文学运动并没有真正影响到他们,这不能不说是一个历史的巧合和错过。虽然"新月派"诗群很早就开始了写作,但一直到他们真正进入自觉"创格"[1]的1926年,他们还没有明显受到现代主义的影响。此时新诗已进入第二个十年,"象征派"的先声李金发已刮起了旋风,但新月派在理论上的建树,仍限于浪漫主义的观念范畴。以主要的理论旗手闻一多为例,他拥有宏阔的视野、缜密的思维、雄辩的话语,但所阐述的理论,仍是关于格律与形式的见解。

> 假定"游戏本能说"能够充分的解释艺术的起源,我们尽可以拿下棋来比作诗;棋不能废除规矩,诗也就不能废除格律。
>
> ……只有不会跳舞的才会怪脚镣碍事,只有不会作诗的才会感觉到格律的缚束。对于不会作诗的,格律是表现的障碍物;对于一个作家,格律便成了表现的利器。[2]

从逻辑上说,这显然是不容置疑、绝对有说服力的。文中亦不难看出对于白话诗派的揶揄,对创造社诗人浪漫主义观点的讥讽,说得很含蓄,但所指亦非常明确。最后,他提出的是"三美"之说,即"不独包括音乐的美(音节),绘画的美(辞藻),并且还有建筑的美(节的匀称和句的均齐)"。为了避免"复古"的嫌疑,他还特别辨析了古今之别,"律诗的格律与内容不发生关系,新诗的格

---

[1] 徐志摩:《诗刊弁言》,见《晨报副刊·诗镌》1号,1926年4月4日。
[2] 闻一多:《诗的格律》,见《晨报副刊·诗镌》7号,1926年5月13日。

律是根据内容的精神制造成的"。

恕不一一列举。闻一多的此文，可以看作是新月派格律主张的一篇雄文，虽有众多可商榷处，但毕竟义理清晰，且有中外视野、古今比照中的许多辩驳，可以看作一个纲领性的文献。

不过问题也跟着来了，作为前期"新月派"主阵地的《晨报副刊·诗镌》，大概只办了 11 期，就办不下去了。徐志摩在《诗刊放假》中，已历数了他们"所标榜的'格律'的可怕的流弊"，"谁都会运用白话，谁都会切豆腐似的切齐字句，谁都能似是而非地安排音节——但是诗，它连影儿都没有和你见面"[1]，这些"无意义的形式主义"的东西，又一次暴露了新诗在生长过程中容易陷入的歧路。尽管闻一多对于留日派的浪漫主义写作保有警惕，但新月派又何尝不是浪漫主义的产物？他们的写作实践和关于诗歌的形式主义观，同创造社的浪漫主义冲动实无根本差异，所不同的仅在于，前者是更为亢奋和狂躁的，而他们则相对内敛和灰暗，更偏向于个人化的抒情。

二、象征主义、现代性与新诗内部动力的再生

燕羽剪断春愁，
还带点半开之生命的花蕊……

此是李金发在 1926 年，由商务印书馆出版的诗集《为幸福而歌》中的一首，《燕羽剪断春愁》中的句子。请留意，其中的开篇句，似与欧阳修的《采桑子·群芳过后》有些瓜葛，"笙歌散尽游人去，始觉春空。垂下帘栊。双燕归来细雨中"。或是在晏几道的《临江仙》，"去年春恨却来时。落花人独立，微雨燕双飞"中也可见到影子。可以想见，这诗句绝不是欧式的诗歌形象，而是典型的"中国故事"。只是它的来历，抑或说其"用典"的方式，已脱出了古人的趣味，所以很难直接挂钩。第二句，则明显是"欧化"了——"生命的花蕊"这类转喻，虽然与唐寅的"雨打梨花深闭门"只有一步之遥，但是别一种思维。

这样说的意思，当然不纯是为李金发辩护，因为连宽怀虚己的朱自清，也说

---

[1] 徐志摩：《诗刊放假》，见《晨报副刊·诗镌》11 号，1926 年 6 月 10 日。

他"母舌太生疏,句法过分欧化"[1],但假使我们不怀偏见,就会发现,在李金发并不自如的母语里,居然也是有机巧的,他在古老的中国想象和来自法国的象征派观念之间,留下了一个暗门,或是接口。

这非常重要,也是笔者想要重点讨论的一点。很显然,无论是早期的白话诗,还是稍后的创造社诗人、留学英美的新月派们,都没有真正解决新诗长足发展的动力问题。这一动力在哪?在我看来,正是在于其稍后次第出现的象征派和现代派诗人。是他们,为新诗找到了能够"兼通"中国传统和现代西方诗歌的内在方式——"象征"。

请注意,"兼通"非常重要,新诗即便是新的,也毕竟是母语的产物,没有接通传统显然是无根基的。早期胡适的诗,虽然保留着与旧诗扯不清的关系,依然采取了旧形式,却丢弃了传统诗歌的形象和思维;新月派诗人比附传统诗歌,试图重建格律与形式,事实证明也难以行得通。因为那样一来,如徐志摩所说,是从外在的形式上重新作茧自缚。而唯有这个"象征",却是一个兼取中西的最佳结合点。

"象征"一词在现代始出自何处?其实并非始自李金发之口,而是白话诗派的周作人和朱自清。周作人说,"新诗的手法我不很佩服白描,也不喜欢唠叨的叙事,不必说唠叨的说理,我只认抒情是诗的本分,而写法则觉得所谓'兴'最有意思,用新名词来讲或可以说是象征","让我说一句陈腐话,象征是诗的最新的写法,但也是最旧,在中国也'古已有之'……"[2] 这个"最新也最旧",足以证明在周作人的意识里,象征是可以同时嫁接中国传统与西方现代诗歌之美学的,只不过,他并未真正找到合适的方法。他的《小河》被朱自清认为是有"象征"笔法的,但实在说,与后来的象征派诗歌比,还是过于浅白了。在写作实践的层面上,周作人的理解也还是停留在"修辞"的层面上,没有成为美学与方法论的范畴。

但找到方法的人很快就来了——1925年,先是署名"李淑良"的短诗《弃妇》在《语丝》第14期上刊出,继之是诗集《微雨》在11月由北新书局出版,携带着浓郁欧风的李金发,用他的生涩而又晦暗、陌生而又具有魔力的语言,为中国

---

[1] 朱自清:《中国新文学大系·诗集·导言》,上海良友图书印刷公司,1935。
[2] 周作人:《〈扬鞭集〉序》,北新书局,1926。

新诗带来了"异国情调"——来自法兰西的风尚与气息,并由此获得了"象征派"的称号,开启了象征主义诗歌在中国的行旅。

朱自清在 1935 年写的《中国新文学大系·诗集·导言》中,对李金发有非常客观但也略有抑低的评价,认为他是介绍法国象征主义诗歌到中国的第一人,但他同时又说,李金发的诗"一部分一部分可以懂,合起来却没有意思","不缺乏想象力,但……句法过分欧化,教人像读着翻译"。[1] 这些评价确乎说出了李金发局部清晰强烈,总体含糊混乱的问题,但同时也表明,朱自清尚未意识到象征派诗歌所蕴含的巨大能量,更不太可能意识到它作为桥梁和支点的属性与意义。

但在更早先的 1927 年之前,李金发就意识到了"兼通"这一关键问题。在《食客与凶年》的"自跋"中,他即清晰而简洁地说出了自己的看法:

> 余每怪异何以数年来关于中国古代诗人之作品,既无人过问,一意向外采辑,一唱百和,以为文学革命后,他们是荒唐极了的,但从无人着实批评过,其实东西作家随处有同一之思想、气息、眼光和取材,稍为留意,便不敢否认,余于他们的根本处,都不敢有所轻重,惟每欲把两家所有,试为沟通,或即调和之意。[2]

从中不难看出,李金发反而是重视中国诗歌传统的,他对于中西作家"同一思想"的广泛存在,是有殊为自觉的认识的;他所做的工作,也是希望在诗歌写作中对其有所"沟通"与"调和"。而这沟通与调和工作的关键秘密,在笔者看,就是"象征"的"兼通"作用。

> 临风的小草战抖着,
> 　山茶,野菊和罂粟……

"有意芬香我们之静寂。/ 我用抚慰,你用微笑,/ 去找寻命运之行踪,/ 或狂笑这世纪之运行。"如果把《弃妇》中的这类句子,与又十几年之后在昆明郊外的草房子里写成的冯至的《十四行集》相对照,就会看出某些句子间的

---

[1] 朱自清:《中国新文学大系·诗集·导言》,上海良友图书印刷公司,1935。
[2] 李金发:《食客与凶年·自跋》,北新书局,1927。

演变瓜葛:"我们赞颂那些小昆虫,／它们经过了一次交媾／或是抵御了一次危险,／／便结束它们美妙的一生。"

> 我们整个的生命在承受
> 狂风乍起,彗星的出现。

不唯精神气质是相似的,甚至可以同时探查到来自波德莱尔的影响的踪迹,看到类似《应和》中的"自然是座神殿……"的那种诗意的传统。某种意义上也可以说,李金发最早领悟到了来自法国的象征主义的诗歌风尚,并将这些领悟与他早年关于母语的记忆进行了杂糅,只不过更多的动力是来自无意识。但在写出了《食客与凶年》之后,他忽然意识到了自己的价值和优势。

显然,没有李金发首创的"象征派"的实验,也就不可能有十数年之后冯至、穆旦与"中国新诗派"的那种语言与诗艺上的成熟。

然而还有一个人不能不提到,其作用也至为重要,那就是写下了《野草》的鲁迅。在出版《食客与凶年》之后的两个月,北新书局在1927年7月推出了《野草》。其中的篇章最早出自1924年,比李金发的诗出现得还早。当然,严格说,鲁迅的作品被定义为"散文诗",文体是"富有诗意的散文",但从诗意的含量看,却可以说强于同时代的所有诗人。虽然没有证据说鲁迅受到了欧洲象征派和现代派诗歌的影响,但我们却可以非常清晰地为他找到直接的背景资源,那就是德国的存在主义哲学。

这非常重要,这意味着,鲁迅成为同时代写作者中最前沿和最具现代性倾向的一位。在《坟》和《热风》中那些发表于1920年以前的早期杂文中,他即频繁地提过尼采、叔本华,提到尼采的《查拉图斯特拉如是说》等著作[1],在《随感录·五十三》中还提到了"后期印象派""立方派""未来派"的绘画[2]。在《野草》中,我们也不难看出其文体的来源,正是尼采式的哲学随笔,是出自《查拉图斯特拉如是说》的笔法;而且从主题看,《野草》中的"战士""复仇""死火""黑暗"等意象,也无不是尼采笔下频繁出现的词语。

---

[1] 详见鲁迅:《文化偏至论》《随感录·四十一》,《鲁迅全集》第2卷,人民文学出版社,1981,第59、326页。
[2] 鲁迅:《鲁迅全集》第2卷,人民文学出版社,1981,第341页。

>……人生是多灾难的，而且常常是无意义的：一个丑角可以成为它的致命伤。
>
>我将以生存的意义教给人们：那便是超人，从人类的暗云里射出来的闪电。
>
>但是我隔他们还很辽远，我的心不能诉诸他们的心。他们眼中的我是在疯人与尸体之间。
>
>夜是黑暗的，查拉图斯特拉之路途也是黑暗的。(《续篇·七》)[1]

>叛逆的猛士出于人间；他屹立着，洞见一切已改和现有的废墟和荒坟，记得一切深广和久远的苦痛，正视一切重叠淤积的凝血，深知一切已死，方生，将生和未生。他看透了造化的把戏；他将要起来使人类苏生，或者使人类灭尽……(《淡淡的血痕中》)[2]

我无法用更多篇幅来做这种对照。显然，就现代性的主题、诗意的复杂性而言，鲁迅要高于同时代的所有人。因为在他的诗中，出现了真正的"思考者"，而不只是"抒情性的主体"，出现了"无物之阵"(《这样的战士》)，以及"绝望之为虚妄，正与希望相同"(《希望》)，"向黑暗里彷徨于无地"(《影的告别》)……这样典型的存在主义与现代主义的主题意象。这些思想倾向几乎是直接越过了1930年代，而直抵冯至的《十四行集》。因为我们直到1940年代的冯至，似乎才看到了诗歌中存在哲学的再度彰显。

但总的来说，鲁迅在新诗的演化链条中属于"孤独的个体"，与实际的发生史没有产生太多联系。所以，当我们试图给予他应有地位的时候，又总是很难将其强行"嵌入"，并证明他的不可或缺的作用。因此，在这一历史中我们还必须要重视另外的重要环节，那就是作为"现代派"的戴望舒和作为左翼诗人的艾青[3]。

---

[1] 尼采：《查拉图斯特拉如是说》，尹溟译，文化艺术出版社，2003，第13页。

[2] 鲁迅：《鲁迅全集》第2卷，人民文学出版社，1981，第221页。

[3] 参见孙作云《论"现代派"诗》，该文将戴望舒和艾青(包括其另一署名"莪珈")都归入"现代派"。见《清华周刊》第43卷第1期，1935年5月15日。

艾青和戴望舒分别在1928年和1932年赴法留学，并从法国带回了与李金发相似而又不同的象征主义。这亦至为关键，因为他们为象征主义和现代主义找到了在中国本土的另外两个接口，一是接通了"当下现实"——这一点李金发完全没有做到，而艾青做到了；二是接通了中国传统的美学意蕴——李金发已注意到，但戴望舒却做得更为地道。至此，我认为现代主义在中国，算是真正落地生根，结出了果实。

艾青在法国留学期间，曾深受比利时诗人凡尔哈伦的影响，凡尔哈伦诗中对底层人群的关注，特有的苍凉原野与乡村意象，给了艾青深深的感染，并成为他归国后作品中的一种鲜明色调。某种意义上也可以说，这一因素使艾青的诗产生了一种更加接近"中国本土的现实感"。在《大堰河——我的保姆》《我爱这土地》《北方》《手推车》中，本土意象的嵌入与绽放，使得艾青成为这个年代中一颗最耀眼的新星。

不唯如此，艾青还通过《巴黎》《马赛》《太阳》等诗，将驳杂而陌生的现代城市意象引入诗歌，这在1930年代的其他诗人笔下是难得一见的。这些诗也真正孵化出了中国现代诗中的城市想象："春药，拿破仑的铸像，酒精，凯旋门……／白痴，赌徒，淫棍……／啊，巴黎！／为了你的嫣然一笑／已使得多少人们／抛弃了／深深的爱着的他们的家园"（《巴黎》）；"当它来时，我听见／冬蛰的虫蛹转动于地下／群众在旷场上高声说话／城市从远方／用电力与钢铁召唤它……"（《太阳》）波德莱尔式的阴郁与驳杂，现代主义者的躁动与遥想，极大地张开了这个年代诗歌的时空跨度。

艾青的意义还在于创造了一种更成熟和准确的语言，推动了1930年代诗歌象征话语的强力生长，用孙作云的话说就是，"他的诗完全不讲韵律，但读起来有一种不可遏止的力"。[1]虽然是散文化的句子，但内在的节奏和韵律却总是鲜明而又强烈。

戴望舒虽留法时间较晚，但诗歌写作起步却早[2]。留法前，已出版了包括《雨巷》在内的诗集《我底记忆》等，从苏汶为他的《望舒草》所作的序中，我至少注意到两点，一是"1925年到1926年，望舒学习法文，他直接地读了——魏尔

---

[1] 孙作云：《论"现代派"诗》，《清华周刊》第43卷第1期，1935年5月15日。
[2] 见苏汶为《望舒草》所作的序，其中说他"开始写新诗大概是在1922到1924那两年之间"。见《望舒草》，现代书局，1933。

仑等诸人底作品"，二是"力矫"象征派诗人的"神秘"和"看不懂"之"弊"，实现了"象征派的形式，古典派的内容"，"的确走的诗歌底正路"。[1] 两年后的1935年，另一位批评家孙作云，更是为戴望舒量身定做了"现代派"的说法，将之当作了其代表人物，并将之前的李金发与同时期的施蛰存，都看作是他的旁证。他也强调，"中国的现代派诗只是袭取了新意象派诗的外衣，或形式，而骨子里仍是传统的意境"。可以说进一步肯定了戴望舒，强调了他对于真正接通中西诗歌间的美学暗道所起到的关键作用。

从研究界的反应看，截至1930年代后期，戴望舒产生了广泛的影响力，"我不知看见多少青年诗人在模仿他，甚至窃取了他的片句只字插在自己的诗里"。孙作云据此将"新诗的发展分为三个阶段：一郭沫若时代，二闻一多时代，三戴望舒时代"[2]，足见其影响之大。即便是多持负面看法的左翼诗人，也难以忽视他的作用。

1930年代的诗歌呈现了放射性的局面，左翼的、绅士的、叛逆而另类的，分别构成了诗坛的左、中、右三个不同的界面，呈现了极丰富的景观。

三、历史与超历史、限定性与超越性

> 想依附着鹏鸟飞翔
> 去和宁静的星辰谈话。

1941年，"一个冬天的下午"，在抗战最艰难的岁月里，踌躇于昆明郊区山野间的冯至，写下了他《十四行集》中的第八首，这是其中的两句。如同屈原的《天问》，或是庄周的"梦蝶"，他那一刻所想的，全然是些上不着天下不着地的事情，"如今那旧梦却化作／远水荒山的陨石一片"。

据作者说，这是二十七首中"最早"写出，且"最生涩"的一首[3]。他在搁笔十多年之后重操旧业，写下了与时事完全不搭边的诗句。

---

[1] 苏汶：《望舒草·序》，现代书局，1933。

[2] 孙作云：《论"现代派"诗》，《清华周刊》第43卷第1期，1935年5月15日。

[3] 参见冯至：《十四行集·序》，明日社，1942年初版，1949年文化生活出版社再版时收入此序。

我注意到,《十四行集》几乎完全是写个人处境的作品,但其中出现最多的人称,居然是"我们":"我们准备着深深地领受／那些意想不到的奇迹","我们都让它化作尘埃:／我们安排我们在这时代","我们站立在高高的山巅,／化身为一望无边的远景"……这在新诗诞生以来实属罕见。至于为什么,我并未完全想清楚。猜想"我们"在这里,可能是起着泛化和"矮化""我"的作用,借此将"我"变成芸芸众生,乃至天地万物中微不足道的一员。借用苏东坡的话说,是"寄蜉蝣于天地,渺沧海之一粟"。我甚至想,假如将陈子昂的《登幽州台歌》翻成现代汉语,亦可冠以"我们"的人称,"我们前不见古人,我们后不见来者……"并且可以将之看作是《十四行集》中的某一节,或是全部的缩写。

这是足以引人思索的,在周遭一片响彻云霄的战歌声中,这样细若游丝、孤魂野鬼般的诗句,依然在诞生着。

还不是孤例。与该诗集出版的同一时期,作为西南联大外文系助教的青年诗人穆旦,也在《文聚》的第1卷第3期上,发表了风格相近的《诗八首》。说它们相近,是与流行诗风相对照而言的,是纯粹个人生命、个体经验的写作。但与冯至深远的哲学趣味相比,年轻的穆旦还无暇顾及体味生存的短暂和个体的渺小,他所为之燃烧的是青春而热烈的爱情。但即便如此,在历史的冲天烈焰里,是否能够容得下一己"小我"的悲欢,也是一个巨大的问号。虽然穆旦给我们的回答,是当然可以。

> 你我底手底接触是一片草场,
> 那里有它的固执,我底惊喜。

这是《诗八首》中最著名的第三首,"你的年龄里的小小野兽……"只要稍微懂一点"隐喻"的常识,不难读懂这两句说的是什么。如同《诗经·郑风》中的《野有蔓草》一样,"草"在这里具有十分敏感和具体的身体指涉。"它的固执,我底惊喜",也生动描摹出了恋爱中人的情感心理与身体反应。"邂逅相遇,与子皆臧"。闻一多说得直白,这"邂逅"二字分明是讲男欢女爱的,"二十一篇郑诗,差不多篇篇是讲恋爱的",而"讲到性交的诗",则是"《野有蔓草》和《溱洧》

两篇"。[1] 他引经据典大加诠释，无非是为了证明，这首诗中明确地讲到了身体与性爱。

不管多年后人们给予了穆旦这些诗以多高的赞誉，可以肯定的一点是，它们绝不是大时代的主流，从道德的角度看也并不"高尚"。大时代的主流是什么？是"正在为中国流血，誓死为独立自由幸福的新中国而斗争到底"[2] 的抗战，是田间的《假使我们不去打仗》：

假使我们不去打仗，
敌人用刺刀
杀死了我们，
还要用手指着我们骨头说：
"看，
这是奴隶！"

平心而论，在面对国破家亡的艰难时世里，田间这样的"街头诗"、战地诗是最有力量的，也最符合诗人应有的伦理立场。正像时人所指出的，"'九一八'以后，一切都趋于尖锐化，再不容你伤春悲秋或作童年的回忆了。要香艳，要格律……显然是要自寻死路。现今唯一的道路是'写实'，把大时代及它的动向活生生的反映出来。我们要记起，这是产生史诗的时代了。我们需要伟大的史诗啊！"[3] 连一向推崇"现代派诗"的孙作云，也发出了吁请："要求这样的诗歌"："内容是健康的而不是病态的"，"意境凄婉的诗固不摈弃，但更要求粗犷的，有力的"，"表现时代的诗歌"。[4]

需要交代的一点是，穆旦在发表《诗八首》的那一刻，已然投笔从戎了，他以随军中校翻译的身份，参加了入缅甸作战的中国远征军。这本身当然比写一写口号诗更值得尊敬，但我们的问题是，假如穆旦没有这么做，或者说假如我们完全不考虑他已投身民族解放战争，有出生入死的生命实践，那么他的那些深沉而

---

[1] 闻一多：《诗经的性欲观》，见《闻一多全集》第三卷，湖北人民出版社，1993，第 171 页。
[2] 田间：《呈在大风沙里奔走的岗卫们·后记》，生活书店，1938。
[3] 蒲风：《五四到现在的中国诗坛鸟瞰》，《诗歌季刊》第 1 卷第 1—2 期，1935 年 3 月。
[4] 孙作云：《论"现代派"诗》，《清华周刊》第 43 卷第 1 期，1935 年 5 月 15 日。

热烈的爱情诗,究竟还有没有在战争年代的自足的合法性呢?

"历史的诗"和"超历史的诗",就这样彰显出来了,且有了一道清晰而又游移的分水岭。什么是历史的诗?从上述例子看,便是更靠近"现实"的诗,有集体记忆的标签与痕迹的诗,这是广义的理解;还有更特定的,那便是指抗日民族解放战争时期的写作,它包含了对于个人性和"艺术至上主义"的某种牺牲。艾青甚至为此加了"庸俗的"定语,认为新诗的某种成熟,就在于可以针对"庸俗的艺术至上主义"而"雄辩地取得胜利","而取得胜利的最大的条件,却是由于它能保持中国新文学之忠实于现实的战斗传统的缘故"。[1] 从1930年代后期,到整个1940年代,我们所能够读到的大部分诗歌,都属于这一范畴。这就是"历史"本身。

然而,艾青也同时提到了"幼稚的叫喊"的一极,并将之与"庸俗的艺术至上主义"并列为新诗的敌人。那幼稚的叫喊,便是专指那些完全牺牲了艺术要素的作品。这样的作品自然也不是我们想要的,我们想要的,是那些可以完全或部分地"超越历史"的限定性的诗歌,那些不只属于自己的时代,也可以属于一切时代的诗歌。

而艾青部分地做到了这点,除了《藏枪记》那类作品。他的《北方》《我爱这土地》,甚至《向太阳》和《火把》,都部分地获得了超历史的属性。而前面所说的冯至和穆旦的那些作品,则几乎完全无视所谓的"历史"而独立其外,仿佛是一场大轰炸的间隙,在废墟与硝烟遮覆的某个私密角落里亮起的一豆烛光,它没有照见远处的死难者,没有关注创伤和激愤的群情,而只是照亮了一个孤独的个体生命,他灵魂出窍的一个瞬间。那一刻有无垠的思索和悲哀,有自由的遥想与欢欣。那么它们有没有存在的理由呢?

几乎可以说没有答案,或者无须回答。大浪淘沙,水落石出,它们历经岁月的磨洗和尘封,居然也流传下来,且被人珍爱,这本身就是答案。

所以,当我们翻阅到历史的某些段落时,不要因为那里的艺术过于稀薄,或是调门过于高亢而感到不满足;也不要因为诗人只关注了自己的人生、个体的经验而报以轻蔑。我们要知道,诗歌是时代的暴风雨所裹挟的软弱和虚惘之物,也必然是其附属与附庸,它屈从于某些历史的需求是自然而然的事情;同时,常态

---

[1] 艾青:《北方·序》,1939年自印,文化生活出版社,1942。

下个体的思索与写作，也必然建立在孤单与孤独之境中，而这时他们可能，也当然可以写下，那些具有鲜明的个体处境的，类似于"谁家今夜扁舟子，何处相思明月楼"，或是"念天地之悠悠，独怆然而涕下"的诗句。

显然，从历史本身出发，我们可能会要求诗歌紧贴时事，但从艺术和美学出发，我们最终又可能会选择那些超越了时事之局限的诗。这便是文学本身的永恒命题了——"历史的和美学的"，或者说"历史的和超历史的"，恩格斯所制定的标准依然有效，我们唯有在两者间寻求一个动态而微妙的平衡而已。

1986年，李泽厚发表了影响深远的文章，《启蒙与救亡的双重变奏》，分析了新文化运动与五四运动之间的历史互动关系，并就此提出了"启蒙与救亡的互相促进""救亡压倒了启蒙""转换性的创造"的三段论。文章观点持中公允，既不同意"反对新文化运动"（如蒋介石的《中国之命运》），也不同意胡适的"五四运动对新文化运动来说……是一个挫折"（见周阳山编《五四与中国》，第391页），而认同"二者有极密切联系而视为一体"的观点[1]。此文重新引发了人们对于中国现代以来历史走向的内在思考，也成为近几十年来学界一直未曾逾越的一个观照视点。假如我们将这一看法投射至新诗史的考察，也是成立的，它同样内在地解释和揭示了新诗历史的演变轨迹，即抗日救亡的出现，对于新诗历史的现代性轨迹的强力改变。而之后革命时期的诗歌美学，也因这一战争逻辑的延续，而深受影响和规限。

例子随处都是，我们就以先前曾强调"纯诗写作"的穆木天为例，在1933年2月为"中国诗歌会"会刊《新诗歌》所写的《发刊诗》里，他号召写作者们要"捉住现实"，要关注"压迫，剥削，帝国主义的屠杀，／反帝，抗日，那一切民众的高涨的情绪"，"我们要使我们的诗歌成为大众歌调，／我们自己也成为大众的一个"。[2] 这与他先前所渴望的"最纤纤的潜在意识""内生命的反射""一般人找不着不可知的远的世界"是多么不一样。之前他还在说"我们要求的是纯粹诗歌（the pure poetry），我们要住的是诗的世界"[3]，仅仅七年后，他的观点就发生了如此巨大的变化，他的诗也从那"苍白的钟声，衰腐的朦胧"，变成了"民谣小调鼓词儿歌"。

---

[1] 李泽厚：《启蒙与救亡的双重变奏》，《走向未来》1986年创刊号。

[2] 穆木天：《〈新诗歌〉发刊诗》，《新诗歌》发刊号，1933年2月。

[3] 穆木天：《谭诗——寄沫若的一封信》，《创造月刊》第1卷第1期，1926年3月。

历史的与超历史的，这一对看似"相爱相杀"的矛盾力量的背后，是新诗百年来痛苦而强大的内力驱动的所在。在1930年代到1970年代的半个世纪里，新诗走过了一条巨大的弯曲之路，留下了一道道粗粝沟坎，一处处荒村野树般的荒蛮景致，当然也留下了值得记取和可堪为经典的一团一簇，与星星点点。

"让一切人成为一切人的同时代人"[1]，这是1980年代中期的代表性诗人海子，在其长诗《传说》（1984）的原序《民间主题》里所提出的诗歌理想。它的原话大概有两层意思，一是强调"民间主题"中的永恒性，这类似于同一时期的"寻根文学运动"关注传统、民俗与民间文化的理念；二是强调诗本身功能的超时代性，即"提供一个瞬间"，以使世世代代的读者获得一个共情的可能，变成彼此没有时间距离的人。从更高层面上说，这也是一个"巴别塔神话"的重现。之所以有这样的诉求与呼请，是因为他感慨于数十年中，我们的诗歌可能过于靠近所谓"时代"，过于贴紧一个"短期的现实"，过多地关注于流动的东西了，因此也就太快地陷于过时和失效的困境。这与之前长达多年的朦胧诗的论争，关于是否"作时代的号角"的论战仍是同题，只是海子的说法绕过了那些看来并无意义的概念与界限，提出了一个更加"哲学化"了的议题。

确乎，这个年代的诗人所努力做的，就是要使诗歌走出几十年的一个历史困顿，要努力续接上从1930年代后期中断了的现代性进程。作为历史的后知后觉者，我们也同样没有理由否认这一诉求的合法性，如同我们不会简单地去否定之前几十年的诗歌一样。

这就是历史本身的限定性。

四、边缘与潜流，现代性的迂回与承续

> 我乃旷野里独来独往的一匹狼
> 不是先知，没有半个字的叹息……

1964年1月22日，豪迈的旋律在神州大地回响，《人民日报》以整版篇幅，发表了贺敬之的名作《西去列车的窗口》。诗中描绘了一群来自上海的青年，在

---

[1] 见西川编：《海子诗全编》，上海三联书店，1997，第873页。

一位老军垦队员的带领下,乘着夏夜呼啸的列车,奔赴遥远的大西北,准备到边疆去奉献他们的壮丽青春。而此刻,同样是来自上海,却早已远徙海峡对岸的另一个孤单的身影,却正在台北的霓虹灯下徘徊。街市繁华,灯红酒绿,而他却感到了一丝料峭的寒意,冷风中,他脱口吟出了这首《狼之独步》:"而恒以数声凄厉已极的长嗥/摇撼彼空无一物之天地,/使天地战栗如同发了疟疾;/并刮起凉风飒飒的,飒飒飒飒的:/这就是一种过瘾。"

这是1930年代上海的"现代派"成员"路易士",本年51岁的纪弦,为自己所画的一幅速写式的精神肖像。它传达的那份孤独与狂狷、悲情与冷傲,无论如何也是此时的大陆诗人所难以理喻的。遍查现代新诗的历史,笔者确信,这是第一次写作者自况为"狼",第一次以狼的口吻摇撼天地,穷究古今。这匹旷野中的"独狼",也因此而彰显了自里尔克的《豹》之后的另一种美学——增加了诙谐与俏皮的,充满了"文明的反讽"意味的一种"新的现代主义"。[1]

然而,若细究之,此诗并非只求嚎叫和纯然的"拉风",而是有着怀古与天问式的深意存焉。比如,我们可以从中读出其与陈子昂之间的某种神似,以及与李金发、戴望舒和冯至之间的隐含的对话与对应关系。藕断丝连,遥相呼应,这里有纪弦本人一贯的风格因素,更有普遍的和谱系的象征意味,并传达了多重含义:一、作为个体的经验,越来越趋于孤独而卑微,"主体性"降解至前所未有的程度——由"豹"矮化为了"狼";二、对"文明"的理解正沿"异化"的逻辑持续延伸,"豹"是于笼中关禁的实体,而"狼"则是在水泥丛林中逍遥的幽灵,如在无人之境;三、随着主体性的消弭,传统诗学中强调的正面"意义",正被严重怀疑和消解,"过瘾"所昭示的游戏意味,已升至"自足"之境;四、这还不同于古人所说的"理趣"之类,而纯然是一种挑战式的消解,仿佛一首摇滚,充满了与主流价值格格不入的消极分立的精神。

纪弦类似的诗还可以罗列出很多,但这已足以说明问题。

1940年代末,随旧政权败退到台湾的一批人,居然在五六十年代担当了现代性诗歌延续的主体,这也是一个文化与历史反向运行的例子。其中的原因甚多,无法一一分析,但它构成了一个有意思的现象,即"边缘"与"中心"的某种互渗、

---

[1] 见纪弦:《纪弦精品·自序》,其中有言:"我们的'新现代主义',你是谁也推他不倒,摇也摇他不动的!"人民文学出版社,1995。

互补乃至互换。正如有学者指出的,"当代台湾诗歌是'五四'以来新诗的发展在五十年代以后向台湾的分流";"来自大陆的诗人……所受的'五四'以来新诗的哺育,使当代台湾诗歌的发展,更密切地与'五四'以来新诗的传统沟通起来"。[1] 连纪弦自己也承认,"我宣扬'新现代主义',我领导'中国新诗的再革命运动'","人们常说,中国新诗复兴运动的火种,是由纪弦从上海带到台湾来的……这句话,我从不否认"。[2] 他虽身在曹营,却明确地意识到了自己作为中国现代新诗的一个"正宗传人"的角色。

而同一时刻,写下《草木篇》的诗人流沙河,怎么也不会想到,在彼岸的台岛会出现这样一种诗歌,更不会想到,他在将近二十年后才能读到这些诗,以及读后产生的难以抑制的兴奋。1982年,作为"归来诗人"的流沙河,以连载形式在《星星》诗刊上登载了题为"台湾诗人十二家"的系列点评文章,其中开篇即是以"独步的狼"为题的纪弦。这是大陆的诗歌报刊首次公开和系统地介绍台湾现代诗,所引起的轰动当然也可以想见[3]。

显然,如何看待1950—1970年代新诗的历史,有太多难题与陷阱。其中最核心的,是如何想定历史的大逻辑。比如,从社会政治的角度看,可以认为是诗歌"走出了个人的象牙塔",而融入了伟大的社会变革运动;但从诗歌本身的演化看,则又可以看作是偏离了新诗现代化的发展轨迹。因为七八十年代之交"新诗潮"的变革,足以证明后一逻辑的正确,否则就不需要再度变革了。假如做类比,1950年代初台湾的政治气候,对诗歌写作产生了禁锢和伤害,但"现代诗运动"却成功地绕过了这一困境,而实现了新诗以来的又一场变革,并成长出了覃子豪、余光中、洛夫、痖弦、郑愁予、罗门、商禽、杨牧等一大批杰出的诗人,诞生出一大批现代诗的典范作品。直到1980年代,这些作品逐渐进入大陆读者视野的时候,人们才忽然发现,原来我们自己是走了一条窄路。就像谢冕所痛切地指出的,"六十年来,我们的新诗不是走着越来越宽广的道路,而是走着越来越狭窄的道路"。[4]

---

[1] 刘登瀚语,见洪子诚、刘登瀚:《中国当代新诗史》,人民文学出版社,1993,第454、452页。
[2] 纪弦:《纪弦精品·自序》,人民文学出版社,1995。
[3] 该系列文章结集为《台湾诗人十二家》,由重庆出版社于1983年出版,首版印数即达23500册,1991年第四次印刷达36000册。
[4] 谢冕:《在新的崛起面前》,《光明日报》1980年5月7日。

当人们重新认识到诗歌不只是一种抒情的工具，它同时还"是一种智力活动""一个智力的空间"[1] 的时候，显然也包含了对于1950—1970年代诗歌写作中的普遍的直白与粗糙、单一与工具化，特别是"智力活动稀薄"的一种反思。

但这一时期的"潜流"[2] 写作，却在一定意义上补足了上述缺憾，在早于纪弦的《狼之独步》的1962年，一位贵州的年轻诗人就写下了一首《独唱》，虽不是孤狼的嚎叫，但也是压抑而低沉的呻吟，他宣称："我是瀑布的孤魂／一首永久离群索居的诗。／我的漂泊的歌声是梦的／游踪／我唯一的听众／是沉寂。"在由唐晓渡编纂的《在黎明的铜镜中——朦胧诗卷》里，收录了这首诗，作者是黄翔[3]。

显然，这位独唱者提供了不同于大时代的声音，塑造了一个具有独立意识的思索者的形象。在周遭一片合唱的喧嚣中，它构成了一个弱小的，然而又不可缺少的弥补与矫正。1968年之后，他又相继写下了《火神交响诗》系列，在《火炬之歌》里，他几乎重现了"五四"的所有主题："把真理的洪钟撞响吧——火炬说／把科学的明灯点亮吧——火炬说／把人的面目还给人吧——火炬说……"这些诗，可以说是郭沫若的《女神》、艾青的《向太阳》和《火把》主题的当代延伸，也可以说，是发出了这个年代中理性精神的强音。

另一位具有重要过渡意义的诗人是郭路生，也即食指。从精神现象学的角度看，他可谓极富象征意义。早在青年时代，他就使用了一种典型的"双重话语"，写下了《海洋三部曲》《鱼群三部曲》《相信未来》《这是四点零八分的北京》等作品。这些诗，一方面可以看作是一个时代青年的个体疗伤之作，表达的是因叛逆而受挫的情绪，"当蜘蛛网无情地查封了我的炉台"，"当我的鲜花依偎在别人的情怀"，"我依然固执地铺平失望的灰烬，／用美丽的雪花写下：相信未来……"但与此同时，这当然也可以看作是一个革命青年的"励志"之作；或者更直接些说，它是既接近于个体觉醒的一种启蒙话语，同时又是社会主流话语的一个"抒情变种"。所以，他跨越了不同的时代，拥有众多读者，其作品的版

---

[1] 参见杨炼：《智力的空间》，见老木编《青年诗人谈诗》，北京大学五四文学社，1985。
[2] "潜流写作"最早为大陆诗人哑默（1942— ）提出，见《中国大陆潜流文学浅议》，载《倾向》1997年夏，总第9期；陈思和在《中国当代文学史教程》（复旦大学出版社，1999）中称之为"潜在写作"；笔者在《中国当代先锋文学思潮论》（江苏文艺出版社，1997）中称之为"前朦胧诗"。
[3] 唐晓渡：《在黎明的铜镜中——朦胧诗卷》，北京师范大学出版社，1993。

本也在传抄中不断演化。还有，他个人的不幸遭际与人生创伤的投射，也使得这些具有精神样本意义的作品，生发出了巨大的感染力与广阔的可阐释空间[1]。

同样可以视为"双重文本"范例的，还可以举出依群（即齐云）写于1971年的一首《巴黎公社》。它是为纪念巴黎公社一百周年而作的"红色战歌"，却因为使用了象征语言，而产生了"异样的美感"："奴隶的歌声嵌进仇恨的子弹／一个世纪落在棺盖上／像纷纷落下的泥土"——

呵，巴黎，我的圣巴黎
你像血滴，像花瓣
贴在地球蓝色的额头

显然，"红色"与"蓝色"、"革命"与"自由"，两个文本被神奇地嵌合在了一起，水乳交融，生发出了强烈的超历史与超时空属性。这个年代能够留存下来的标志性作品，大都有着这种奇异的双重属性。

也有完全特立独行的例子。"白洋淀诗群"的三驾马车之一，根子（岳重）写于1971年的一首《三月与末日》，就堪为这个年代一座诗歌的孤岛，一个精神的奇迹。这是他在年满19岁时给自己的一个成人礼。像艾略特在《荒原》中开篇称"四月是残忍的月份，哺育着／丁香……"一样，他称"三月是末日"，宣告"我是人，没有翅膀，却／使春天第一次失败了"。这是时令的春天，自然也是生命的春天、"时代"意义上的春天，但这即将抵近20岁的年轻人，却以一块"古老的礁石"而自况，它"阴沉地裸露着"，不再为大海的喧闹所动，"暗褐色的心，像一块加热又冷却过／十九次的钢，安详，沉重／永远不再闪烁"。

这可以称得上是"1970年代中国的《荒原》"了。它以个体为镜，折射出一代人精神觉醒的曙光。尤其，如果再参照他的另一首《致生活》，便更可见出他在认知时代的基础上所进行的"自我精神分析"。他将自我人格的构成，比喻为"狼"与"狗"的互为表里，"狼"是其身上的原始野性，也是独立思考的本能；而"狗"则是妥协与驯顺，是奴性与世俗化的另一属性。两者在含混而又清晰的较量中，既互相对峙，又无法分拆，由此构成了他与"生活"之间既周旋抗争，

---

[1] 参见笔者：《从精神分裂的方向看——论食指》，《当代作家评论》2001年第4期。

又沉瀣一气的关系。

无论如何，这都是一个重大的精神事件，在之前的二十年中，这样的诗从未出现。它标志着这个年代的诗歌，不但已有了对于时代与社会的自觉反思，也还有了清晰的以理性为基础的个体精神的反叛。

显然，如果没有台湾现代诗，没有大陆六七十年代"潜流"写作的迂回与呼应，这个年代的中国新诗，将要单调乏味得多。正是有了这两条支流与暗流的交织激荡，当代诗歌才没有完全中断其现代性的进程，并且形成了其更为丰富的立体景观。

而且在语言上，我们还应注意到，台湾现代诗也延续了李金发、戴望舒那代诗人对古典传统的"兼通"与"调和"的努力。余光中等人的诗，总是有传统意境和掌故的频繁嵌入，如《等你，在雨中》《莲的联想》《春天，遂想起》等，羊令野的《汉城景福宫》、郑愁予的《边塞组曲·残堡》亦复如是。在郑愁予的名篇《错误》中，甚至出现了一个从温庭筠的《望江南》中化用而来的古老诗意，"我打江南走过／那等在季节里的容颜如莲花的开落"，"我达达的马蹄是美丽的错误／我不是归人，是个过客"，与温词中的"过尽千帆皆不是，斜晖脉脉水悠悠，肠断白洲"，可谓是神似之笔。流沙河在评述余光中的《等你，在雨中》时，曾诙谐地说道，"那位踏着红莲翩翩而来的，从南宋姜夔婉约清丽的词里步着音韵而来的，绝不会是安娜或玛丽，只能是一位中国的窈窕淑女。至于雨后荷花，蛙鼓蝉吟，细雨黄昏，更是当然的国产……"[1]

在某种意义上，台湾现代诗在传承古典传统方面，可以说提供了与大陆诗歌不一样的经验，我们强调的是"民族形式"，而台湾现代诗注重的却是意境与神韵。

当然，也还有对现代诗传统的明显回应，比如痖弦的《红玉米》中，就分明显现着艾青《北方》中的诗意；即便是在纪弦的《一片槐树叶》中，也依稀可以看出他对于往昔的致敬与追忆。这些都越过了海峡的阻隔，而实现了与新旧两个传统的续接与呼应。

至于六七十年代的"潜流"一脉，其现代性的属性与意义更是不可低估。仅以根子为例，其诗中主体性的自觉与思考深度，包括其运用复杂的象征语意的能力，也远超过了七八十年代之交的"朦胧诗"。它们以孤独而骄傲的气质，前出

---

[1] 流沙河：《台湾诗人十二家》，重庆出版社，1983，第31页。

至历史变革的前夜,为1980年代中国的思想解放与社会变革,提供了精神的先导。从这个意义上,也可以说它们补足了这个年代主流诗歌所留下的不足与缺憾。

五、平权与精英,百年的分立与互动

> 整个玻璃工厂是一只巨大的眼珠,
> 劳动是其中最黑的部分……

1987年夏,在北戴河附近举办的第七届"青春诗会"上,欧阳江河写下了一首《玻璃工厂》,成为他迄今为止重要的代表作之一。鲜有人知,这届诗会是由一家著名的生产玻璃的企业赞助的,因而参会者被要求尽量写一首"与玻璃有关的诗"。据说欧阳江河当时灵感来得急,在一盒卷烟的包装纸上奋笔疾书,完成了密密麻麻的初稿。这件事我曾向他本人求证过,确属无疑。

但此诗灵感的引发,据说还有其他更"微妙"的原因,这一点恕不能交代。笔者感慨的是,一个"命题作文"竟也会产生出一篇近乎不朽的作品。在这首诗中,写作者将玻璃的诞生与语言的诞生完全熔铸到了一起:"我来了,我看见,我说出。/语言和时间浑浊,泥沙俱下,一片盲目从中心散开。/同样的经验也发生在玻璃内部。/火焰的呼吸,火焰的心脏……"这样的句式,形象地诠释出了思维本身由混沌到清晰,诗意由晦暗到自明的转换过程,使它成为一首充满哲思与"玄言"意味的"元诗"。亦犹如一个海德格尔兼德里达式的思辨,其中暗含了"言与思""音与意""词与物",甚至老子式的"有名"与"无名""可道""常道"等一系列可能的"元命题":

> 透明是一种神秘的、能看见波浪的语言,
> 我在说出它的时候已经脱离了它……
> 语言溢出,枯竭,在透明之前。

《玻璃工厂》标志着一种新的写作范式的成形,即诗歌与"现实"之间一向紧密的关系的脱钩。它越过了半个世纪以来诗歌的一个难题,即必须与某个具体的现实情境发生对应联系。这首诗中,工厂里"火热的劳动场景"被陡然地升华

了，观念化的"现实"亦如同玻璃的前世——晦暗的石头和沙子，早已付诸烈火，变成了另一种物质。

这是1980年代前期即开始出现的一种趋势：从"朦胧诗"中主智的一支，杨炼与江河开始，到"第三代"中的"整体主义""非非主义""新传统主义"等派别，再到第三代的杰出代表海子，诗歌作为"一种智力活动"的趋势已逐渐成形。在部分诗人那里，民俗与文化主题热最终又指向了哲学，海子从早期的长诗《河流》《传说》，到后期的《太阳·七部书》，便是经历了这样一个演化；而欧阳江河从《悬棺》到《玻璃工厂》，也经历了相似的轨迹，文化主题的"寻根诗歌"，变成了哲学意义上的"玄言诗歌"。

以上便是当代诗歌中"精英主义"写作范式的简单由来，这堪称一个范本。它基于对过去年代诗歌的不满足，也基于这个年代诗人突飞猛进的思想能力，同时也基于他们作为"知识分子"的身份建构的强烈诉求。

然而，反精英的"平权主义"的写作也始终如影随形。在第三代诗人中，同时也孕育出了一批反智主义的马前卒。这并不奇怪，因为在新诗的百年历史中，从来就伴随着"反贵族化"的、平民的、普罗大众的、底层民众的、民粹主义的、娱乐化的种种取向。甚至白话新诗的出现本身，也是平权思想的产物。在新文化运动之初，关于新诗合法性的论争中早就看得分明，钱玄同认为两千年的文学和文字，是被"民贼"和"文妖"两种人所垄断，而唯胡适"用现代的白话"表达"自己的思想和情感，不用古语，不抄袭前人诗里说过的话"，才"当得起'新文学'这个名词"[1]；这与坚持"贵族文学"立场的梅觐庄与任叔永对他的讥笑，所谓"淫滥猥琐""去文学千里而遥"云云，可谓截然对立。在他们看来，照胡适这么做，中国诗歌直会沦落到如"南社一流"，其高贵传统将荡然休矣，"陶谢李杜……将永不复见于神州"。[2]

1930年代之后，诗歌大众化的指向随抗战烽火的日渐炽烈，逐渐走上了不归之路；1950—1970年代，在为工农兵服务的总要求下，诗歌一直走在浅近与直白的道路上，以至出现了中外历史上所仅见的全民性的"新民歌运动"。关于

---

[1] 钱玄同：《尝试集·序》，1918年1月10日，见胡适《尝试集》，人民文学出版社，2000，第126—131页。

[2] 任叔永致胡适，见《尝试集·自序》，胡适《尝试集》，人民文学出版社，2000，第143—144页。

该运动的历史功过，前人早有定论，与其说它们是"群众在日常生活、劳动中的自发的创造"，不如说是"围绕当时实施的政策和流行的政治口号的命题作诗"，是"对新诗在走向上进行规范的进一步发展"。[1]

因此，某种意义上，自朦胧派诗人开始发育的精英意识，是对此前长期的民粹主义诗歌观的一种反拨。他们顶着重重压力和阻遏，以一种相对"秘密"和个人的高雅趣味——陌生感的隐喻，象征的语义系统，朦胧含蓄的意境，峻拔清丽的修辞……这些近于现代主义的观念与意趣，构建起了当代中国诗歌的一块高地。但这样一种格局，很快便被"第三代"诗人打破了。1984—1986年，先后发育起来的"他们""莽汉主义"和"大学生诗派"，以及在报刊上流行的一种"生活流式"的写作，都明显地标立了一种反精英的平民主义倾向。最典型的文本，即韩东的《你见过大海》和《有关大雁塔》、李亚伟的《中文系》，还有于坚的《尚义街六号》。它们以刻意低矮甚至粗陋的自我，展现了完全不同于朦胧派诗人之高贵主体的"普通人的想象"。

在批评家朱大可看来，这是一种类似小市民趣味的意识形态，它们和某些流行趣味一起，构成了一种看似合理的流俗化的抒情写作，以"小人物的灰色温情"，构成与现实的沉瀣一气，并完成了主体性的迅速降解。"他们在日常戏剧中心安理得地扮演低贱的角色，却坚持制造有关幸福的骗局，以慰藉怯意丛生的灵魂"。"犬儒主义哲学最终消解了诗歌至上的神话"，这一"市民意识形态的胜利……构成了对先锋诗歌运动的真正威胁，它们强大而隐秘，像尘埃一样无所不在，同时拥有亲切近凡的表情"。[2]

这讥讽何其犀利。但假如我们换一个角度，似乎也同样有道理。韩东针对杨炼的《大雁塔》所写下的《有关大雁塔》，针对朦胧派诗人的大海主题抒情所写的《你见过大海》，难道没有道理吗？这些文本之所以长久地为读者所记起和谈论，还是因为其批评与讥讽是有理由和力量的，它至少说明，那些通过象征形象所建构起来的宏大而正面的意义，也都有着脆弱与虚假的一面。

然而真正称得上是具有"解构主义"性质的作品，还要数到几年后崛起的新人。1992年，在《非非》的复刊号上，刊载了伊沙的《结结巴巴》等7首诗，接着，

---

[1] 洪子诚、刘登翰：《中国当代新诗史》，人民文学出版社，1993，第166、163页。
[2] 朱大可：《燃烧的迷津——缅怀先锋诗歌运动》，《上海文论》1989年第4期。

次年的第六、七卷合刊上，又登出了他的《历史写不出的我写》等9首诗作。这些诗的出现，某种意义上也可以看作是一个事件，即当代诗歌中不只出现了"文化意义上的反精英主义诗歌"，而且还出现了"美学与文本意义上的解构主义诗歌"。

伊沙的价值正表现在这里。他提供了一个平权主义写作的范例，之前的观念与主题解构，只能算是"有意义"，却难说"有意思"。而他的诗与韩东比，不只是在观念上构成了解构性，更在语言层面上生成了解构性。简单说来，有这样几点：首先是对于知识话语的戏谑，如《梅花，一首失败的抒情诗》《饿死诗人》等；其次是对权威话语的戏仿，如《北风吹》《事实上》《叛国者》等；还有的是对于某种诗歌写作观念、传统形式因素的解构，如《结结巴巴》《反动十四行》等，这一类，也可以叫作"解构主义式的元写作"。其中最著名的一首是《饿死诗人》，戏仿了在海子身后出现的一股矮化和俗化了的"乡土诗热"。如同《堂·吉诃德》对骑士小说的戏仿所起到的作用一样，它也颠覆和终结了这种写作趣味。"……你们以为麦粒就是你们／为女人迸溅的泪滴吗／麦芒就像你们贴在腮帮上的／猪鬃般柔软吗／你们拥挤在流浪之路上的那一年／北方的麦子自个儿长大了……""城市中最伟大的懒汉／做了诗歌中光荣的农夫"——

> 麦子以阳光和雨水的名义
> 我呼吁：饿死他们
> 狗日的诗人
> 首先饿死我
> 一个用墨水污染土地的帮凶
> 一个艺术世界的杂种

这可谓反精英主义诗歌所能够达到的极致了，再向前半步，就属越界了。不过细想，它又何尝不是另一种精英主义的出现，即具有戏谑与解构力、具有自我反思与颠覆勇气的一种写作的诞生呢？如果历史地看，这里似乎还设置了一个对话的潜文本，那就是郑敏写于1942年的《金黄的稻束》[1]。在那首诗里，诗人把

---

[1] 该诗原题为"无题"，发表于《明日文艺（桂林）》1943年第1期，收入《诗集一九四二／一九四七》，文化生活出版社，1949，题目改为"金黄的稻束"。

收割后田野里的一个个稻束，比作了"无数个疲倦的母亲"，她们仿佛是"黄昏路上"矗立的一座座雕像，"肩荷着那伟大的疲倦"，在一片"秋天的田里低首沉思"，最终"将成为人类的一个思想"。对照郑敏的诗，伊沙非常巧妙地借助了这一庄严的诗意，并实现了他反讽式的表达。

去精英化的写作思潮，在世纪之交达到了沸点。以1999年"盘峰论争"为标志，第三代登场时即埋下的伏笔终于再度浮现。声称"口语派"与"民间写作"的一批诗人，与1990年代以来在经典化进程中占得先机的"知识分子写作"的诗人，发生了公开的论战。这次论争始于1999年春夏之际召开的"盘峰诗会"[1]，此后一直持续了一两年。第三代内部原有的诗学分歧，由此放大为两个美学阵营的截然分立。在此背景下，又恰逢"70后"一代的正式登场，以及网络传播媒介的迅速发育，诗歌的场域陡然扩大，发表几乎变得无门槛。尤其还有世纪之交"节日"氛围的催化作用，诗歌界遂出现了持续数年的"狂欢"局面。此后的"下半身""梨花体""垃圾派""低诗歌"，还有大量具有行为艺术色彩的诗歌现象与噱头，都成为当代诗歌的"新平权运动"的一部分。

当然，"平权主义"也只是一个混合性的说法，它有时与"精英主义"构成对立，有时则不一定。尤其是，它的反智与"反知识分子趣味"，并非是简单和鲁莽的破坏，而更多的构成了"另类精英"或是"另一种知识分子写作"，并不一定要归类于垃圾。真正严肃的解构主义写作，与纯然的狂欢与娱乐化写作之间，还是泾渭分明的。

平权式写作的另一个现象，是在世纪之交以后出现的"底层写作"，这一现象中出现了大量来自民间的写作例证，其中的大部分显然不是精英主义的，但是有一点又必须要注意，那就是"关怀底层"本身也是一种"知识分子精神"的显现，只是，知识分子式的底层关怀，与真正来自底层的写作者的感受相比，还是隔了一层。所以，最好的例子就变成了一位女工出身的诗人郑小琼。

郑小琼最早的诗出现在2005年以前，但只有在2005年"底层写作"的概

---

[1] 参见笔者：《一次真正的诗歌对话与交锋——"世纪之交：中国诗歌创作态势与理论建设研讨会"述要》，《诗探索》1999年第2期；《北京文学》1999年第7期。

念[1]出现之后，她才逐渐引人瞩目。她不只像别的写作者那样，描画了底层劳动者艰辛与卑微的生存场景，而且通过"铁"的意象，以铁与肉身的关系，构造出了一种工业时代的文化与精神图景：作为资本与生产线的、以逐利为驱动的生产关系，同劳动者的肉身，以及肉身所负载和象征的痛苦、疾病、乡愁、道义等，所构成的一种对位与冲突。"模糊的不可预知的命运，这些铁／这些人，将要去哪里，这些她，这些你／……在车站，工业区，她们清晰的面孔／似一块块等待图纸安排的铁，沉默着。"（《铁》）这种关系超出了一般的倾诉与宣泄，而成为类似本雅明所说的"文明的寓言"。

六、经典化、边界实验，以及结语

> 漆黑的夜里有一种笑声笑断我坟墓的木板
> 你可知道。这是一片埋葬老虎的土地……

这是海子的《死亡之诗（之一）》中开篇的两句，写作时间不详，应是在1986年以前。那时海子还没有明显陷入忧郁症所带来的困境，但我相信，真正能够读懂这首诗的人，不会很多；而要想诠释清楚，他所说的这只"火红的老虎"、这只"断腿的老虎"究竟是什么，更难有人敢拍着胸脯应承。

海子当然有更多广为传诵的名篇：《亚洲铜》《单翅鸟》《天鹅》《山楂树》《祖国（或以梦为马）》《四姐妹》……这些经典之作，完全可以经得起最严苛的细读，它们已成为新诗在许多方面的标高。但是，他也有着众多叫人难以捉摸的篇章，比如一旦我们要追问这首"死亡之诗"究竟写的什么，没人能够做出令人信服的解释。"正当水面上渡过一只火红的老虎／你的笑声使河流漂浮／……一块埋葬老虎的木板／被一种笑声笑断两截。"仿佛经过了编码中的再度"加密"，如若不了解具体的背景事件，没有深入研读过他的诗论，这一隐晦的故事与场景，是完全无法索解的。

---

[1] "底层写作"在南方最早被称为"打工诗歌"，2005年由《文艺争鸣》杂志发起专题讨论，在第2、3期发表多篇文章，参见蒋述卓：《现实关怀、底层意识与新人文精神——关于"打工文学现象"》；柳冬妩：《从乡村到城市的精神胎记——关于"打工诗歌"的白皮书》；张清华：《"底层生存写作"与我们时代的诗歌伦理》。

可是即便了解了那些背景,就能解吗?也不一定。接下来的一首《死亡之诗(之二:采摘葵花)》,甚至加了题注"——给梵·高的小叙事:自杀过程",但读之依然让人如坠雾中:"雨夜偷牛的人/爬进了我的窗户/在我做梦的身子上/采摘葵花……"即使参照了梵·高的绘画,还有他患病与自杀的遭际,也很难用"达诂"方式给出细读。这表明,海子诗歌的另一部分,其存在的意义,确乎不在于为我们提供可以确信求解的文本,而仅在于表明他诗歌探索的最远疆界。

那自然会有人质疑,甚至予以反对。有人即据此讥嘲,认为肯定他的读者,是"在煞有介事地陶醉于一件'皇帝的新衣'"。[1]

这就涉及"经典化"与"边界实验"之间的关系问题。"经典化"既是历史本身的水落石出,也是一种持续不断的选择与淘汰的工作,是维持诗歌的"正常"美感与规则的标准与信念。所以,它既是指那些公认的优秀作品,也是指据此生成的观念共识;而"边界实验"呢,则是对既成观念与规则的不断打破,是挑战经典、标新立异、走出樊篱的持续过程。所以,通俗地说,这也是所谓"守正与创新"之间的关系,一个自有文学以来,就一直未裁断清楚的古老官司。

海子显然是一个典范的极端例证。他将两者的关系张大到了极致,也因此对新诗的发展做出了贡献。

当然,这越界和探索的方式与方向,又各有不同,海子以神秘和晦涩、智性与高蹈,而更多的写作者,则以诙谐和解构,以粗鄙和挑战传统,以形式或观念的逾矩,以"低"和怪诞……这些显然并不都具有意义。然而,如果我们只是依据经典和正统,来对之加以排除和禁止,那么诗歌创造的空间无疑将会被压缩,诗歌发展的动力也将大大减弱。

这就像我们之前关于李金发的评价一样,假如没有他生涩的象征主义的误打误撞,就不会有戴望舒的现代主义与古典传统的圆融汇通,也不会有接下来新诗在三四十年代的一路疯长;同样,没有1950年代台湾现代诗运动,没有纪弦们夸张的"横的移植",还有大呼小叫,与之针锋相对的"蓝星"诗人们所标榜的"纵的继承",就不会有台湾现代诗的充分发育;同理,没有1980年代中期"第三代"的爆炸式登场,没有那些五花八门的诗歌主张的蜂拥亮相,也就不会有1990年

---

[1] 参见《读不懂海子》,见"海子吧"贴文,未具名,https://tieba.baidu.com/p/556879959?red_tag=3419967660。

代而下诗歌写作的专业化和渐趋成熟；如果没有世纪之交以降诗界持续的喧嚣与狂欢，也就不会有如今这般丰富与纷繁的诗歌现场。

显然，这一问题对于当代诗歌至关重要。因为人们总爱动辄对异样的写作进行规训与规范，总有探索被视为亵渎、悖逆或不道德。而按照德里达的说法，现代主义的文学并非是传统意义上的"美文学"，而应该是一种"允许可以讲述一切的奇怪建制"，它应享有免受包括"道德检查"在内的诸种限制。至于为什么，德里达说，"'20世纪现代主义的，或至少是非传统文本'，都具有一个共同点，即它们都写于文学的一种危机经验之中"，是"对所谓'文学的末日'十分敏感的文本"。这意味着，现代主义的写作，每一次都面对着"写作的尽头"，面对着经验的极端化和极限化，即"文学将死"的现实，写作者必须通过额外地"制造事件以供讲述"，并以此来引人瞩目，拯救文学的某种末日处境。这就是他所说的"文学行动"[1]的时代。

这段话稍加解释，其实谈论的仍是"经典化观念"与文学的"边界探索"之间的矛盾关系。"美文学"是人们关于文学的一般看法，是指经典的历程，而"允许可以讲述一切"，则是不断突破规范，是指向关于艺术的一切越界的权利和可能。无疑，这是一个关于"现代主义""当代诗歌"或者"诗歌的当代性"问题的方法论，也是我们观照新诗历史，动态地考察其变革进程的一个必要角度。

而且，对所谓正统和经典的看法，也是一个不断变化的范畴。昨天还属于异端的，今天就变成了正统，今天还被视为不合法的，未来就会被认为是常态。当年关于"朦胧诗"的讨论，曾何等剑拔弩张，在有些正统理论家看来，一群在艺术上表现了小小叛逆冲动的年轻人，不是要把诗歌送到"雾失楼台，月迷津渡"的风月场上、温柔乡里，而是向着经典和正统的一方，"扔出了决斗的白手套"。有人干脆用"社会主义，还是现代主义"[2]这样的奇怪逻辑，来从政治上宣判他们的死刑，仿佛现代主义是资本主义的专利。殊不知在西方，现代主义的早期流派"达达主义""未来主义"，反而曾与左翼思潮和国际共运有着密切的联系。事实表明，当年那些被视为异端的作品，早已变成了当代诗歌中的经典，甚至在今天，人们或许已感觉到了类似《回答》《一代人》《致橡树》《神女峰》等作品的过于"正

---

[1] 参见德里达：《文学行动》，赵兴国等译，中国社会科学出版社，1998，第5—9页。
[2] 郑伯农：《社会主义，还是现代主义》，《诗刊》1983年第6期；《当代文艺思潮》1983年第10期。

典化"，从严格的艺术代际看，它们或许尚不能构成"现代主义"的诸种要件。

还有问题的另一面，即所有"越界"或边界实验，也都有个"高点"与"低点"的问题，不能因为都属"探索"，都走得远，就可以混为一谈。类似海子那样的探索，自然是高点，因为他是新诗诞生以来真正从"哲学本体"的角度来考虑诗和诗歌写作的人，他不只写出了抒情意义上的诗，还尝试写出"本体"的形而上意义上的诗，作为真理和宗教的诗，作为"道"与"元一"的诗。而且这一切还与他的"一次性行动"，与他的生命人格实践的投射与加入，牢牢地交融嵌合在了一起，使得这一"再造巴别塔"式的努力，获得了精神现象学的意义。

另一些写作，似乎难以判断其边界实验的"高"与"低"。比如西川写于2004年的《小老儿》，整首诗是以"歌谣加摇滚"的方式写成的，共12节，每节都相当于一段"贯口"，如一阵风，语义一任飘忽滑行。仿佛是刻意挑战人们关于诗歌的常识，它不只在形式上矮化和消解了"诗"的一切规则意义，也让人难以确定其写作的观念与意图。这个诗中的"小老儿"仿佛是一个实体，也仿佛是一个游魂，仿佛是一种流行的病毒，又仿佛就是你我自身，含混其词地说，它可能就是一种到处传染的文明病：

> 小老儿小。小老儿老。小老儿一个小孩一抹脸变成一个老头。小老儿拍手。小老儿伸懒腰。小老儿到我们中间。小老儿走到东。小老儿走到西。小老儿穿过阴影。小老儿变成阴影。小老儿被绊倒。小老儿也绊倒别人。小老儿紧跟一阵小风。小老儿抓住小风的辫子。小老儿跟小风学会打喷嚏。小老儿传染得树木也打喷嚏。石头也打喷嚏。小老儿走进药店。小老儿一边打喷嚏一边砸药店。小老儿欢天喜地。小老儿无所事事。小老儿迷迷糊糊。小老儿得意忘形。小老儿吃不了兜着走。有人不在乎小老儿，小老儿给他颜色看……

此是诗的第一节。西川曾解释说，该首诗的灵感得自2003年的一场"非典"（SARS）疫情，他将期间的一些世相与感受嵌入了其中。这算是供我们解读此诗的一个参照，但假如没有这个提示，该诗将几乎是一个哑谜。整首诗读下来，只能说，它就是一个德里达意义上的"非传统文本"。

欧阳江河写于2012年的长诗《凤凰》，也可以看作是一个例子。这首诗问世后引起巨大反响，也有较多质疑。作为艺术家徐冰的《凤凰》的互文作品，它刻意将装置艺术的特点，如嵌入、插接、并置等手段也运用其中，形成了所谓"词与物"的一种裸露关系。因为徐冰的装置艺术《凤凰》，是由工业时代的各种废料和垃圾制作而成，它刻意吊装在北京东三环最繁华的CBD街区，在摩天大楼玻璃幕墙的背景上，在夜晚光电技术的映射下，显得五彩斑斓、金碧辉煌，是一个神话般的制作；但在白天的光线下再近看细读，就会发现它由一堆废旧金属与塑料垃圾连缀而成。

这就把现代文明的形与质、内与外、载体与意义之间的分裂的属性，完全地彰显了出来，而欧阳江河的诗正是准确地匹配了这一装置的属性，也刻意裸露了语言、词和意义本身的复杂关系。他几乎是将所有的表达都变成了词语的镶嵌与堆积，让它们成为完全脱离主体与情感的"干燥的词"。这种写作牺牲了传统诗歌写作中"主体性的统一"，而变成了一个对于"词的仓库"的展示：

  掏出一个小本，把史诗的大部头
  写成笔记体：词的仓库，被掏空了。

如何看待这样的尝试，文本本身的自行而刻意的分裂，有批评家的思考和发问也很有启示："当徐冰的凤凰呈现的是一种'掏空'的艺术的时候，当以垃圾和施工的废弃物组装成的是一个'虚无'的存在物的时候，'史诗的大部头'是否只能在一个'小本'上'写成笔记体'？在一个一切都被掏空的匮乏的时代，如果说徐冰和欧阳江河都在'写'各自的神话与史诗，本身是否是一个悖论的判断？在大写的主体匮乏的时代，史诗究竟何为？"[1]

这样的发问，确乎准确地指出了《凤凰》这类文本的悖论，它们在实现并张开了自身构造的同时，也标立了其文本内部的缺憾与虚无。而这，既是它力量的极限，也是创造的尽头。

与此对照，世纪之交以来的另一些越界和探索，便显得不那么"高大上"了，所有的狂欢与爆炸、自曝与裸奔，尽管也乘借了诗歌平权主义潮流的东风，造设了百般花样，但真正在文本方面的贡献却没有那么多。以至于我必须小心翼翼，

---

[1] 吴晓东：《"搭建一个古瓮般的思想废墟"——评欧阳江河的〈凤凰〉》，见欧阳江河《凤凰》，牛津大学出版社，2012，第41页。

审慎地避免写下他们的名字，以免对读者的判断产生误导。

至此，关于百年新诗的道路，以及所涉及的若干核心问题的梳理，大概可以作结了。从上述六个角度的讨论，基本可以从纵与横的两个方面，来大概厘清其变革之路，以及变革背后的内在原因、动力、机制和主要规律。对于回溯历史、评估当下，应该具有较为清晰的参照意义。

一百年，作为人生的尺度当然近乎是极限，但作为一个民族语言的创造物，她还是如此的年轻，还在生长和发育的路上。

在回顾的过程中，我不断地使用望远镜，试图将整体的线条看得更清晰一些，但同时又不得不使用放大镜，以对准那些经典的或具有标志意义的文本，以使我的讨论能够立足。这是一个艰难而愉快的过程，一个迷惘而又不断发现的过程。

我希望读者也有类似的体验。

（选自《中国现代文学研究丛刊》2022年第2期）

诗人们的音区

/ 张执浩

从声音的角度而非音乐的角度来探讨诗歌，可以将诗歌导入更加广阔的存在空间，尽管我们知道，在中国古代，诗歌从诞生之初就与音乐相辅相成，诗乐同源，甚至诗、乐、舞同体。《尚书·舜典》里说："诗言志，歌永言，声依永，律和声。八音克谐，无相夺伦，神人以和。"《礼记·乐记》也有记载："故歌之为言也，长言之也。说之，故言之；言之不足，故长言之；长言之不足，故嗟叹之；嗟叹之不足，故不知手之舞之，足之蹈之也。"这些论述，都清楚地告诉我们，中国古代诗歌与音乐之间存在着紧密的联系，它们相依相偎，相辅相成。然而，我们同时也应该看到，古代诗歌在后来的演变过程中，一直存在着某种自我净化的力量，即，摆脱诗歌对于音乐的依附关系，让诗的声音单纯地通过字、词的咬合力传导出来，使诗成为一种超越音乐属性的文体。词的出现和普及，就是一个明证。宋代以后，诗与词的分野，完成了诗的自足性。至此，诗歌便分为可唱的和不可唱的两类，但声音属性依然是诗歌的本质特征。"暨音声之迭代，若五色之相宣。"陆机在《文赋》里提出的声律要求，包括以沈约为代表的"永明声律论"，其主要内容也都是围绕着诗歌中的声音属性来实现的，后来近体诗中的对仗、平仄、押韵、排律等，都是为了让诗歌产生出"金声玉振"的效果来。诗人们通过写作诗歌作品，发出各自的声音，形成自我特有的音区，而读者，则可以在不同的发声区位找到自己喜爱的诗人。

音区这一概念来自音乐发声学，但同时也可以用来区分诗人之间的发声方式。处于不同音区的诗人，他们的音色显著有别。一般来讲，高音区的诗人声音嘹亮、高亢，略显尖锐，这种声音的抒情性很强，表现力也比较丰富；而低音区的诗人声音低沉、滞重，稍显喑哑，适合于叙事，有很强的感染力或亲和力；中音区则处于这两者之间，音色饱满、圆润，富于变化。这样的分类并非是一成不变的，各个音区之间常常相互转换，只是相比而言，低音区的变化空间相对逼仄，气息的吐纳大多在可视、可触、可感的范围内展开。具体到诗歌写作上，声音的呈现是通过诗人对词语的把控来完成的，也就是说，声音的高低不是由诗人音量的大小而是经由诗人对词语的敏感度来实现的。譬如说，高音区的诗人，其语言的兴奋点，往往集中在人类、国家、社会、时代、历史，以及灵魂、命运诸如此类的宏大词语上，或者说，他们的诗歌语汇总是具有这样一种强指能力，通过这些宏大词语的书写，来拉升诗意的拓展空间；而低音区的诗人，其语言兴奋点则更关注于日常、生活、个人、内心等，云集在这个音区里的词汇量异常丰富，且变化多端，因此，处于这个音区里的诗人也具有多样性的书写面貌。当然，更多的诗人只是游弋在这两者之间，时而发出高音，时而在低音区徘徊，可能性非常多。我们在观察一位诗人的发声区位时，仅仅凭借他的某一首诗是不够的，要结合他一生的写作倾向来判断。但事实上，文学史上真正具有这种显著的声音区位特征的诗人并不多见，大多数诗人并不具备明确的高音或低音。

在唐代所有诗人中，最具有高音特质的无疑是李白，我们完全可以说，他是天生的高音区诗人。现存李白有年代可考的最早的诗，为《访戴天山道士不遇》，写这首诗的时候他还不足二十岁，但这首诗可以看作是诗人的试声之作。这首五律色调明亮，如风行水上，舒朗飘逸。它的音色介于高音和低音之间，但其中有"野竹分青霭，飞泉挂碧峰"之句，这个句式日后成了诗人经典的句式，表明一种跃跃欲试的高音，将出未出。同一时期李白还写过一些尽可能展示自我开朗高远性情的诗，譬如《登锦城散花楼》："今来一登望，如上九天游"；譬如《白头吟》："古来得意不相负，只今惟见青陵台。"这些作品中已经具有了有待诗人今后不断拓展的句型，而这种李白似的句型其实是他高音的试唱练习。公元720年前后，年近二十岁的李白拜谒渝州刺史李邕，之后，写了一首《上李邕》，诗人提笔就道："大鹏一日同风起，抟摇而上九万里。"这是诗人第一次以"大鹏"自诩，某种激越高亢的音腔几乎是脱口而出，连诗人自己都喜不自禁："世人见我恒殊调，见余大言皆冷笑。宣父犹能畏后生，丈夫未可轻年少。"我相信，在那一刻，诗人真正找到了自己的音高，而这样的音高和音色，一旦被他吟唱出来，便令他浑身上下都产生了酣畅舒泰之感。这样的幸福感也只有诗人才清楚，因为写诗总是这样一种将自我和盘托出的情感体验和过程，当诗人用舒展的语言达成与自我性情的同构时，他的声音将压制住外界的一切喧闹，只剩下自己的心跳和耳鸣。

远大的志向、壮阔激越的人生、宏阔蛮霸的想象力，以及飞扬跋扈的生活态度，构成了李白整体的人生格局，这样的大格局实在是与盛唐气象太过匹配了。换句话说，盛世大唐的"英特越逸"之气，为李白的出场构筑了这样一座硕大无朋的道场，他太适合在如此金碧辉煌的场域里引吭高歌了。日月星光，九天夜台，金樽雨露，一声一声的"君不见""噫吁嚱"，当诗人以"大鹏"之姿翱翔天际时，他发出的每一声长啸，都足以绕梁三日。"吟诗作赋北窗里，万言不直一杯水。"（《答王十二寒夜独酌有怀》）诗人知道，自己仅仅作为一位诗人是远远不够的，诗之于他，不过是大鹏之一翼，只有将另外一翼施展开来，他才能够真正扶摇于九天之上，发出更加震人心扉的啸鸣。而相比之下，与李白同年出生却先于他出场的王维，则成了低音区诗人的代表。《九月九日忆山东兄弟》是王维登台献唱的第一首成名作，这首用纯正的口语写成的七绝，充满了呢喃的语调，犹如一位内敛的少年，孤独地站在聚光灯下，望着被黑暗笼罩的寂静之野，声音由嗫嚅慢慢转向坚定。短暂的沉寂过后，是雷鸣般的掌声。王维的出场显然比李白更为顺利，初试歌喉，便赢得了世人的喝彩。但真正让诗人找到属于自己的音区位置的诗，应该是稍后《鸟鸣涧》系列的出现，盛世安稳，人心闲适，诗人在浅斟低吟之间，触摸到了时代的脉搏和心跳。从"闲"到"静"，再到"空"，王维用一种似有若无的语气勾勒出了那个时代特有的风貌，只不过，这样的风貌并不合乎李白的性情，如果说李白要的是高蹈，要的是壮烈激越，那么，王维需要的则是空寂。这两种看似完全相悖的心境，其实都是盛世大唐的真实写照，都同样拥有大批的应和声。

如果我们稍稍比较一下，李白和王维在诗中使用频率最高的字词，就不难看出他们之间的分野，而即便是相同的字词，两人的处理方式也有天壤之别。"明月""千里""长风""碧空""天际""从来""万古"……这样一类充满华彩的词语，尤其那种带有大气度和大格局意味的词语，总是李白心仪的，他在诗中大量使用极度夸张却不可度量的量词和虚词，以此彰显内心中磅礴膨胀的欲望，营造出排山倒海之心力；而王维呢，则着眼于肉身周围之物、肉眼所见之景，"门前""溪涧""山野""小径""松风""竹林"……无论是行吟还是独居，诗人都保持身心的静默状态，以此达成与自然万物的和谐共振。李白的诗是"说"的产物，付诸听觉；王维的诗是"听"的产物，付诸视觉。李白的诗歌无疑是攻势的，而王维则采取了守势。李白的诗歌在高音区盘旋，花腔频现："弃我去者，昨日之日不可留。乱我心者，今日之日多烦忧。"（《宣州谢朓楼饯别校书叔云》）"抚长剑，一扬眉，清水白石何离离。脱吾帽，向君笑；饮君酒，为君吟；张良未逐赤松去，桥边黄石知我心。"（《扶风豪士歌》）而王维的诗始终处于低音区，即便发出林中啸音，也是清丽之音："独坐幽篁里，弹琴复长啸。深林人不知，明月来相照。"（《竹里馆》）同样是唐朝同一夜空上的"月亮"，但照在两位性情迥异的诗人身上，所产生的反响也截然不同，一个是"我歌月徘徊"（《月下独酌》）、"我寄愁心与明月"（《闻王昌龄左迁龙标遥有此寄》），另一个是"明月松间照"（《山居秋暝》）、"山月照弹琴"（《酬张少府》）……主体和客体的关系究竟该如何在诗歌中达成共识，两人给出了完全相反的答案。在李白那里，万物为我所用；而在王维这里，我为万物所纳。作为同一时代的杰出诗人，李白和王维的诗歌风格差异实在是太大了，而最大的差别其实是发声方式的不同。这让我们有理由相信，后世之所以在各种文献资料中找不到他们之间的任何交集，一定与他们两人迥异的性情有关，即使同在长安断断续续将近三十年，且共有好友玉真公主，以及孟浩然等一干诗歌同道，但这样的差异也足以让他们形同陌路。

公元737年，一位面容清癯的年轻人从长安漫游到了兖州，东望泰山，发出了又一声令世人惊叹的长啸："岱宗夫如何？齐鲁青未了。造化钟神秀，阴阳割昏晓。荡胸生层云，决眦入归鸟。会当凌绝顶，一览众山小。"（杜甫《望岳》）这一声长啸基本上奠定了杜甫的发声区位，让我们很容易就将他归入高音区的诗人之列。事实上，杜甫早期的诗歌一直在使用高音，只是他在音色处理上采取了与前辈诗人李白全然不同的方法，无论是发声技巧，还是吟唱时的姿势，两人都有明显的区别。如果说，李白演唱时目光是仰望苍穹、目空一切的，那么，杜甫则作俯视众生状，投向人间的泪目充满了悲切和酸楚。特别是在杜甫写出了《兵车行》《丽人行》，以及"三吏三别"系列之后，他的高音便有了更加清晰的辨识度。《春望》可以视为杜甫前期高音风格最为淋漓尽致的一次发挥："国破山河在，城春草木深。感时花溅泪，恨别鸟惊心。"在此之前，从来没有哪一位诗人饱含如此丰富炽热的情感，来表达对家国故园如此深沉的爱恋，而这种爱，在这里几乎是以恨的方式来传递的，声情热烈而悲壮。与李白相比，杜甫的高音完全不使用花腔，甚至，他过于浑厚的声腔常常给人以过于苍凉之感，这缘于杜甫找到了"吞声哭"——这样一种非常独特的发声技艺。"吞声哭"无疑是一种独属于杜甫个人的发声方式，泣声和哭腔，被糅进了诗人厚重的音色里，在高音区位延展，带着撕裂般的震颤和划伤之力，因其声音韧带的弹性，避免了破音的尴尬。杜甫独特的高音，解决了此前中国诗人面对社会重大主题时，要么束手无策，要么破绽百出的局面，创造性地化解了个人生活与社会生活之间的对立。集中涌现在杜甫笔下的，既不是长风万里的惬意，也不是朗月高照的明澈，而是血污弥漫、殍骨横存的山河、大地和亲人。用长歌当哭来形容杜甫的歌唱技巧是恰当的，只是杜甫之哭有别于常人之哭，摆脱了自怨自艾的个人情绪，他是为黎民苍生而哭，为失去的道统、为心中坍塌的信仰而哭。而由于杜甫事先就将自己捣碎成了这些元素的一部分，因此，他有效地避开了假唱的风险。

　　入蜀后的杜甫经历了一段时间的变声期，这种发声方式的变化显然与诗人的身体状况有关，尽管他依然有"白日放歌"的愿望，但毕竟潦倒数年，百病缠身，诗人需要调养生息。"黄四娘家花满蹊，千朵万朵压枝低。留连戏蝶时时舞，自在娇莺恰恰啼。"（《江畔独步寻花七绝句》其六）"手种桃李非无主，野老墙低还是家。恰似春风相欺得，夜来吹折数枝花。"（《绝句漫兴九首》其二）……这些明显的低音区之作，却向我们展示了杜甫另一番迷人的歌喉，浅斟低吟，深情，婉转又清丽。在从高音区到低音区的转换过程中，杜甫以一种毫不违和的技巧，发出了与生活同频的音色，生趣盎然，充满了对人世的眷念之情。而待到病体稍安，诗人又马上回到了高音区："嗟尔江汉人，生成复何有？有同枯棕木，使我沉叹久。"（《枯棕》）而《茅屋为秋风所破歌》，以及《闻官军收河南河北》即是明证。因为，在杜甫看来，高音才是他声音的本位，只有回到了高音区，他才能做一只自己心目中的"凤凰"。

　　杜甫在夔门时期的所有诗作，彻底让世人见识到了汉语诗歌，尤其是七律诗，在高音区的强大感染力："彩笔昔曾干气象，白头吟望苦低垂。"（《秋兴八首》其八）可谓声泪俱下，字字锥心。而《登高》则是杜甫一生的登峰造极之作，完全可以视为诗人在高音区最后的绝唱。缜密工致的声律和开阔博大的声腔，一字一顿一换，将字与音节密集而紧凑的排列，风疾，猿啸，鸟飞，秋深，重重意象，在层层推进的过程中，与诗人的悲苦心境相互印证，形成了圆满自洽的情绪回旋结构，共同营造出了萧瑟肃杀的末世氛围，以及独立于天地之间的诗人形象。难怪明人胡应麟叹服不已："章法、句法、字法，前无古人，后无来学，此当为古今七律第一，不必为唐人七言律第一。"

对于任何一位诗人来说，找到音准，明确自己的音色，都是创作活动过程中必需的、非常重要的一个环节。没有音准就谈不上歌唱，没有自己的音色，就容易被吵嚷喧嚣的人世之音淹没。然而，更为重要的是，你必须通过无数次的训练（试音和练声），最终确认自己的发声区位。高音有高音之美，低音有低音之妙。当孟浩然随口吟出"故人具鸡黍，邀我至田家。绿树村边合，青山郭外斜"（《过故人庄》）时，他内心一定荡漾着愉悦轻快的涟漪；而当他站立在扑面而来的钱塘潮水前，信笔写下"照日秋云迥，浮天渤澥宽。惊涛来似雪，一座凛生寒"（《与颜钱塘登樟亭望潮作》）时，诗人也一定感觉到了潮声漫卷的美妙。作为一位中音区的诗人，孟浩然的诗克服了题材的局限性，通过不断改变自己的作品风格，形成了独属于他自己的风格。在唐代的所有诗人里，有一位诗人深谙此道，他就是白居易。

白居易"九岁，谙识声韵"。早期的声律训练，无疑为他后来创作《长恨歌》和《琵琶行》提供了坚实的技艺基础。但让人着迷又令人费解的是，我们在这位诗人身上看到了一种异乎寻常的理性力量，克制，止损，从简，他清楚地把握住了声音的处理环节，在当高音处发高音，当低音处发低音，从无失态之时。这种异乎寻常的能力，有时候使白居易看上去不太像一位诗人，而像是一位深谙驾驭宦海之术的政治家。

白居易早期无疑是杰出的高音区诗人，他时常以"采诗官"自居，"采诗听歌导人言"，写下了大量的关注民生疾苦的《新乐府》诗篇，以讽喻手法继承《诗经》传统，发出了元和时代的最强音。白居易的转向，发生在他被贬为江州司马之后，在《与元九书》中，我们可以清晰地捕捉到，诗人的心路转变历程，他不仅将最能体现其艺术特色和水准的《长恨歌》《琵琶行》《霓裳羽衣歌》等，归为"杂诗"、不被他个人看重之列，而且，他还将后来自己也不再因循的《卖炭翁》《杜陵叟》等讽喻诗风格，视为自己最重要的作品。所以，我们在理解白居易的时候，常常会陷入莫名其妙的困扰之中：这位诗人究竟是太过聪明，还是犯了糊涂？由于深谙声律，加上天赋异禀，白居易能在高音区与低音区之间来回游弋，当他明确提出"文章合为时而著，歌诗合为事而作"后，诗人就渐渐从高音区滑向了低音区。这是一次非常明显的主动变调，也符合他关于如何重新做一个诗人的思考："天意君须会，人间要好诗。"(《读李杜诗集因题卷后》) 也就是说，白居易是在借鉴了李白、杜甫的基础上，最终确立了自己的发声区位，这个区位既不在天上，也不在人世间，而在他个人生活的区域范围内。白居易后来尤其是晚期的写作，完全回归到了个人生活的怀抱，像一个无所事事又心满意足的老者，双手环抱微隆的肚腹，环顾着四周："销磨岁月成高位，比类时流是幸人。"(《喜入新年自咏》) 在一种沾沾自喜却无比抱愧的心理驱使下，诗人陷入了理想与现实两难的境地，人生的感叹诗学构成了白居易生命最后的也是最重要的命题。他再也发不出当年那种真实的刺耳的高音了，偶尔，他也会被变声了的自己所惊醒，试着回忆当年那位站在街头吟诵"心忧炭贱愿天寒"的青年，情不自禁地、习惯性地随口吟哦道："心中为念农桑苦，耳里如闻饥冻声。争得大裘长万丈，与君都盖洛阳城。"(《新制绫袄成，感而有咏》) 然而，诗人自己心里清楚，我们也明白，这已经不是由胸腔里喷发出来的高音了，而是喉管里滚出来的嘶吼，是假声唱法。

声，在甲骨文中由"殸（磬）"和"聅（听）"构成，本义是指，敲击悬磬发出的声音。当一位诗人用自我的心力叩击社会、自然、生活时，便会有一种响动传荡开来。"声成文谓之音。"(《礼记·乐记》) 无论是高音、中音还是低音，这些分类最终的目的是，让发声者明白自己的处境和困境，而唯有明白自我局限性和可能性的诗人，才能在嘈杂的人世让自我的声音具有辨识度。

季度观察

感官诗学，不肯定中肯定的岛屿
——2022年春季诗坛观察
/ 钱文亮 黄艺兰

从古至今，无论是狭义上通感手法的使用，还是广义上诗人感知世界的方式，诗学都以感兴为基础，诗歌创作的过程几乎就是诗人充分打开感官雷达的过程。在关注语言与生命形式的阿甘本看来，对本真思想的根本性凝视是得以形成"敞开"，让所有存在物得到解放的根本性条件，而感官的全方位调动所带来的，正是诗歌主体的消解与世界的无限敞开。在本季度，我们欣喜地发现，诗人的生命并没有随着物理空间移动的受限而日趋封闭退缩，反而呈现出诸多面向的充分敞开。诗歌不仅流连于日常，进入了历史与记忆，更凝神于感受的细节和身体的实践，塑造出一种全新而多元的人与自我、社会、自然的亲密关系。

一

在本季度，不少的诗作表现出对听觉的重视。一批听觉灵敏的诗人通过鲜活的诗句构筑出了独特的"听觉风景"。在写作过程中，诗人尽可能地将自己的听觉感官向自然敞开，用耳朵去感应人们寻常容易忽略之物，并将自己的哲学思辨与私人经验灌注其中。柏桦的诗作《发现声音——博尔赫斯在日本的回忆》或许可视为一种预兆，诗人从遥远的过去呼唤出这些仿佛幽灵一般模糊的声音，将私人的回忆和阅读脉络以及地理空间转换融合，并提醒我们："愉悦，总是来自声音／危险，也来自声音"。

一批诗人致力于挖掘日常生活中不寻常的声音，将一些以往很少进入诗歌的声音纳入，无意中丰富了当代诗歌的声学景观。沈方在诗中提出，"声音"是动植物之外的一种特殊的生命体。其组诗《割草机叫了一整天》一反常规，颇有新意地书写了"噪音"这一"恶音"，并将有关生命思考的意义消解在青草碎片散发出的清香气味之中，具有某种非寓言的寓言性。《小石头穿越薄冰》一诗则描写了石头打破冰面掉进河里的声音，这种细小急促的声音以及与它相联系的听觉体验，本是难以保存且无法重现的，但诗人却以超越听觉之上的另一种方式把握住了这些转瞬即逝的声音精灵。诗人梁平以"皮鞋咬着木板的声音"为题，从声音的角度切入空间，为"老房子"写了一部生动的"个人传记"。就标题而言，无论是声音的特别，还是动词的有力，都显示出诗人具体细致的观察力和驾驭语言的能力。

德国哲学家卡西尔在《语言与神话》一书中指出，初民在很大程度上将语言的魔力归结为声音的魔力，巫师总是通过奇特的声音来传达和强化魔法的威力，敬神祷告中产生的音响被认为具有神祇一样的功能。本季度的另一些诗歌就显示出了聆听自然神秘声音的兴趣，带有某种超验的气息。诗人车延高的《在露珠的宫殿里早朝》一诗中，在露珠和草尖之间构筑自己的诗歌王国，并以谦卑的姿态匍匐在土地上，只为了"让耳朵为一颗心认真地打一次工"，倾听"马蹄到底是不是草原的心跳""一茬一茬的草被牛羊啃食／会不会喊疼"，充满童趣而又灵动自然；《石鼓》一诗同样以听觉作为诗歌的内在推进逻辑，每一行诗句都是诗人对历史纵深、对现实世界，甚至是对内在心灵的一次倾听："听见屈原投水的一声心跳／听见汉字为诗歌移行挪位的脚步／听见月亮和星星在远处说话／听见囚禁在书里的知识劝文字一起越狱"。甘南诗人阿信同样致力于对更高、更远处的神秘声音的倾听，为我们带来裹挟着雪粒的藏地之声。在《身边的自然》一文中，他向我们讲述了一个关于听觉的神秘故事：在某次失眠时，他发现草原上的黑暗赋予了他一种特殊的听力，许多白天听不到的声音逐一浮现在他的耳边：火苗燃烧的毕剥声、友人的鼾声、孩子的呼吸声、狗叫声……由此，他感到自己"身体的器官全部打开"，听见了许多不可能被听见的声音：落雪的声音、流星坠地的声音，甚至是安静的声音。诗人由此拥有了一种超验式的听觉，细微的声音在其耳中无限膨胀，超自然成为自然本身：在《虫鸣》一诗中，秋虫的唧唧声宛如轰鸣；《致友人书》中，诗人"听松针一一落地"；在《1990年》中，诗人回忆了三十年前静听雨声的一个夜晚："我被自己感动，／身子微微发抖／在没有星光也没有安慰的草原上。"正是在这一刻,宇宙向诗人呈现出了无限的暗示性。这种神秘的超验体验同样可以在宇轩的《月亮》一诗中找到:"河水缓缓流动它从不听闻人间的语言。/一只夜鹭从水中浮现而又振翅而飞。"当你的耳朵对宇宙敞开的时候,宇宙也会让你得以超越自己。诗人正是在平常的事物中纯洁而坚韧地执着于内在世界,以谦卑的耳朵和微微颤抖的身躯表达对自然和生命的敬意。其他诗作如石棉的《声音》、敬丹樱的《听花》、罗国雄《花开的声音》、乔光伟的《湖边听鸟鸣》、张佑尔的《听雪》、董喜阳的组诗《另一种鸟鸣》、易杉的组诗《我听见最远树枝上的蝉鸣》等,同样都是对鱼虫微物的侧耳倾听,在这些来自自然的神秘声音背后,我们可以感受到一位位时刻都在凝神谛听着的诗人形象。

维特根斯坦说过,对于神秘的东西,我们要保持沉默,因为它无法被言说。本季度另一些诗人为我们带来了关于"静"与"默"的无声美学。谷禾的诗歌呈现出宁静从容的样貌,在《一座树林》《没有一棵树是丑陋的》和《在梁鸿湿地》等诗中,一种静观的态度清晰可见:诗人或仔细勘察树林中的脚印,或在缓慢的凝视中发现枯树之美,或与白云、黄花举案齐眉。其姿态正如他自己的诗歌题目所描绘的那样:"我站得那么静,头上的天空,/和水桶里的天空一样静。"(《"我站得那么静……"》)诗歌主体如纳斯索斯般临水静观,却并非为了孤芳自赏,而是面向世界敞开自己,并由此进入人与物同的境界。正如诗人自己所说的那样,只有当我们静下来,才能"听见自己平和的心跳",才能活出一棵树的模样,这种"平和的心跳"或许就是他写诗的秘密所在。诗人胡弦同样注重对"安静"这一无声状态的书写,却带有某种禅意:《在国清寺》一诗在无变化中体察变化,将注意力放在感受世界的细微"位移"上,不仅有如"晨光使殿宇有微妙的位移"这样的光学意义上的位移,也有如"沉默、咳声、交谈中意味深长的停顿"这样的声学意义上的位移,最终目的都是对我们所熟悉的环境进行一种反叛。《春风斩》中"转经筒转动,西部多么安静。仿佛/能听见地球轴心的嘎吱声"一句转喻巧妙,为我们打开了超然的听觉通道。《敦煌》一诗围绕着"有声"与"无声"的对比徐徐展开:"沙子说话,/月牙安静","香客祷告,/佛安静","几颗磨圆的石子安静",一场雨后"壁画上的飞天安静"……使读者汇入一种不受当下时间所限的情绪之中。

而另一些诗歌则致力于思考声音本体的哲学维度,以及"有声"与"无声"之间的辩证关系,极大地拓展了声音本身所具有的可能。马拉向我们呈现出一种充满张力的诗学实践,其《铁轨和山丘》一诗如谶语般告诉我们:"沉默,终将大过言谈。"然而这种沉默绝非无话可说,而是更深层激情的表征。如在为纪念俄国诗人罗布茨基而作的《无法因为痛苦而尖叫》一诗中,对雪花坠落的无声回响精准而深刻的描写。在马拉的诗歌中,一切声音都尽可能地隐藏着自己,然而在这种隐藏背后,是从不定的、非实在的空间传来的声音,内敛的激情被笼罩在无声背后,由此构成巨大的声学张力。沉默与发声的辩证关系向来是经典的哲学思辨问题,同样也是梁晓明这一季度诗歌的潜在主题。《下午,在杭州忽然想起俄罗斯》一诗令人过目难忘,一连串以"必须"开头的诗句营造出一股强大的迫力,将我们推进俄罗斯诗意的长廊:冬天与大雪、鲜花与死亡、握手和寒暄、绝望与无奈……意象与意象之间的迅速切换形塑出了俄罗斯诗歌的阅读体验和复杂的情绪感受,尤其是那句"枪响一般震撼人心的沉寂",以矛盾的修辞手法构成声音的"发出"(appearing)与"沉寂"(disappearing)之间的巨大张力。当诗歌内部的情绪达到最高潮、最顶峰后,又倏然以不复存在的神秘的铃声结尾,收束全诗,打造出了一首厚重与精致并存的优秀诗歌。在《但音乐从骨头里响起》一诗里,诗人提醒我们"沉默"的重要性,只有在飞翔的时候保持沉默,我们才能听见骨头里响起的美妙音乐。这种"沉默"十分独特,其中封存着饱满自足的生命力量,有着纯粹而不发散的精神力量,由此成为发声的"先导"。在《去爱丁堡路上看到广阔无边的麦田,我停下车观看》一诗中,诗人虽然以"观看"作为诗题的中心动词,但是却反复以"我来听风"起句:不仅听到了丛草的窃窃私语和它们绿色的笑声、大树充满历史的厚重声音,甚至将异国的听觉风景和童年的听觉风景相互接续,时间与空间之间巨大的鸿沟因听觉的魔力而瞬间弥合,并引起诗人对紧紧缠绕在现代人身上的"无地方性"和生命流逝等问题的思考。

当然,诗歌写作的最终目的并非为了塑造独自为营的孤独的倾听者。伴随着对世界和自我都充分敞开的倾听而来的,是诉说,是回声,是共鸣。我们所身处的"宇宙由无穷无尽的隐秘弧线编织而成"(泉子《弧线》),通过倾听,平常不相容的事物在诗歌中互相遭遇,彼此联结,甚至超出诗歌文本的范畴,与诗歌之外更广阔的现实产生共鸣。在凯尔特神话里,词语有着强大力量,当它们被大声说出来的时候尤为如此,因为这时声音和意义融合成一个强大的信息,可以被许多人同时分享。正如泉子所提醒我们的那样:"没有人能告诉你这世界的真相,/而你又必须自己感受或体悟,/并试着以全部的悲与喜/去说出。"(《没有人能告诉你》）唯有"说出"，才是我们进入世界的真正门径。本季度臧棣以"锁链"为主题的一组诗为我们带来了十分不同的声音，在《锁链入门》《锁链简史》《锁链协会》《锁链丛书》等诗中，锁链撞击声和"最古老的怒吼"不断回荡，这些发自肺腑的悲愤之声"浸泡在哀号中，试图改造／我们的听觉"。这绝非是盲目的发泄，而是充满了思辨色彩的冷静思考，深入到社会历史肌理之中去寻找恶之根源。感官文化研究者阿兰·科尔班曾提醒过我们，听觉信息往往比视觉信息拥有更强烈的情感力量。本季度诗坛上涌现而出的众多声音洋溢着智性光辉与现实关怀，具有难以抗拒的召唤力量，能够唤醒一个听觉意义上的"共同体"，让同一片天空下的我们产生思想与心灵共振。

二

除了听觉的敏锐，在本季度女诗人那里，还涌现了一批融合了液体意象书写和身体触觉感知的诗歌。无论是以河、海为题的组诗，还是反复出现的雨水意象，都将水这一物质元素与身体性感知充分联结在一起，构建起某种富含女性气质的感官诗学。诗人康雪的诗歌展现出女性的细腻感知能力。在组诗《河》中，诗人从嗅觉、听觉乃至是触觉切入日常生活，并将梦境、亲密关系、艺术思考、对亲人的怀念等主题编织其中，形式精妙且书写细腻。《安慰书》一诗以荒诞剧般的手法写出了女性的感受：诗人在房间里整理波浪，并幻想远方自由的岛屿，让人不由想到超现实主义画家基里科的作品《奥德修斯》。对无名小岛的渴求是文学永恒的主题，但康雪在这里却展现出了女性对海水的身体性隐秘感知，下潜至女性潜意识甚至是无意识世界的深处，"短暂地享受真实的自己"。张晓雪的《我所之爱，皆在水中》与《海洋和小舟》等诗同样将"危险而动情"的细腻私密的感受融入象征着非理性和无意识的海水，展现出一种灵动细腻的直觉性书写。颜儿的《致中年的海》则将生命历程与海水相联系，"海在我眼眶里，铺满生命的盐"一句克制内敛，但又充满张力，对词语精准的把控能力可见一斑。谈雅丽的《深海植物》一诗构思新奇，描写了深海中电鳗释放出的电光的锋利，与海藻的缠绵，在柔软与坚硬的刹那对比中呈现出一种"瞬间的美学"，令人耳目一新。另一首《海水洗过的日子》则从触觉出发，对海浪进行了身体性描写，我们在阅读时仿佛也在"触摸那丝绸般，轻柔的掌纹"。此外，路也的长诗《海风吹》、娜夜的《窗外的海》、石棉的《我看到的大海》《雨落在脸上》和田字格的组诗《海水和月亮辞》等，都以水意象这面多棱镜来照亮诗歌，或抒写个体经验，或进行"格物"式的智性思考，折射出丰富而深邃的诗学主题。

如果说以上水意象的书写常常与一种柔软的身体感知联系在一起的话，在本季度的另一些诗人那里，我们则看到某种将坚硬透明的无机物与人、与家族的历史，甚至是与物质的历史同构的尝试，其中比较有代表性的是缪克构的"海盐小史"和蓝田的组诗《玻璃与人》。饶有兴味的是，他们所着迷的"玻璃"与"海盐"都是透明、坚硬且封闭的无生命的无机物，正如缪克构所观察到的那样，是一种"在虚空中凝结的虚无之物"，但诗人们却透过它们"看见了死亡""触摸到我内心的伤口"，抑或是把捉到了家族历史的脉搏。无论是十九世纪中期世界博览会上令人瞩目的"水晶宫"，还是本雅明笔下无时无刻不在诱惑着游荡者的"玻璃橱窗"，"玻璃"这一意象都可视作现代性的绝佳象征物——无论是对理念乌托邦的追求，还是对注重炫目表面的景观社会的隐喻，又或是资本主义工厂制度对人的异化。若将这些诗歌与二十世纪八十年代欧阳江河创作的著名长诗《玻璃工厂》互作对读，我们或许会发现一些有意思的转变：对内面性自我的关注代替了对现代社会的反思；平静且日常的叙述代替了冷峻而内蕴激情的语言；玻璃不再仅仅是崇高、美丽的象征，而有了诸如柔软、腐烂，甚至是虚无等多元化的面向，为我们读者提供了新的感受世界的方式。而不变的则是人类对自身和世界之间更多可能性的永恒探索。迟牧的《武汉：地铁四号线》给予地铁防护门以凝视："防护门，硬质的玻璃体，/长出水的骨头，被一部旧电影/反复播放"，最终通往的是记忆和时间的缓慢旅行。冯书辉的组诗《玻璃》（外三首）将玻璃视为人格的象征，无论是腐烂的玻璃，还是燃烧的玻璃，它们封闭自足的内部永远洁净，不被轻易附加任何意义，因此"我们的擦拭／无非在擦拭自己"。郁葱的短诗《骨头》一诗中所描写的那副"硬度出众、密度超拔"的骨头，显然已经超越了普通的骨头意象，已经成为某种高分子结晶或是无机物，支撑着生命与尊严的重量。

沈木槿的组诗《毛玻璃》和苏小青的《玻璃海蜇》则以女性的方式进入诗歌，为玻璃书写提供了一些新的面向：前者借助玻璃创造了一种新的知觉装置，诗歌主体"隔着毛玻璃"观看或倾听世界，穿梭于飞逝的视觉或声音碎片中，不断变化姿势而又游刃有余，从而获得一种隐约、模糊而又从容的独特感受；后者则将玻璃的坚硬和海蜇的柔软融合在一起，捕捉脑海深处那些"玻璃的，清澈的，虚幻的"回忆碎片，以童话的方式处理内心复杂的情感，诗艺灵动且情感细腻。若是从知觉道具的角度来看，这些诗歌中的"玻璃"无疑是一种特殊的"镜子"。从拉康的镜子到伊瑞格瑞的内窥镜，镜子向来是引人哲思的物像，本季度许多诗歌对此有新的探索。沈方《弯道上的反视镜》一诗则聚焦于街头巷口常见的"反视镜"这一特殊的镜子，它反映了主体与无边无涯的世界之间的关系，极大地拓展了我们的视觉领域，或者说是观看的空间，无论是身前还是身后之物都浮现在镜中。更有意思的是，当你想要凝视镜中的自己的时候，发现自己的形象就像哈哈镜一样，只能看见"一个抽象的我和我的变形"，这就迫使我们不断返回自身，追问自身的真实，诗人于是在日常生活中收获了巧妙哲思。阿人初的短诗《反光镜》同样为我们提供了一种特殊的诗歌镜子：凹陷的反光镜赋予了诗歌主体深入事物内部，或者说是逼迫我们陷入事物内部的能力："我们是反光镜／反映着神灵／和自身"。从某种意义上来说，这些诗歌中的每面镜子，每面镜子中的每幅图像，都可视为一种窥孔，通过注视它们，我们能够看到一个无限的世界正在我们面前缓缓展开。余怒的《幻肢记》由此成为一种隐喻："我们是玻璃人，受不了撞击，不敢／过度使用这躯体"，只有当我们向世界敞开自身的时候，才能感受到"众多新生的幻肢在享受舒展"。

三

这些知觉的诱惑不仅是美学的诱惑，更是能够消弭理性与非理性、现实与非现实之间界限的诱惑，一切正如安德烈·布勒东在《超现实主义宣言》里所说过的那样："最清晰的感官享受就源于幻觉或幻想。"在这一季度的诗歌里，引力学被悬空，色彩被重新分配，视觉、听觉、嗅觉和触觉不再截然划分，在幻想中呈现出一种混合型的感知，并与热衷于书写魔幻色彩的诗心合拍。雷平阳的组诗《2021：自然的旁边》延续了他一贯的巫风气质，描写隐藏在日常生活中的阈限状态，生死、灵魂、荒山、疯狂的少女、箴言与咒语、密码和祷辞等意象轮番登场，带有一种"不祥"的异质感。诗人注重构筑能够唤醒我们多种感知方式的神秘舞台：或是无人的荒山，如《叶蓼之红》和《孤儿的泥塑》等诗；或是黑暗的水域，如《鱼塘》《虚构的父亲》《游泳的人带来的恩赐》等诗；《夜游》

一诗开篇便着力对"黑暗中的堤岸"这一诗歌舞台进行氛围塑造:"水声似从无限遥远的大型动物的骨骼间／传来,闷响,腥味浓稠。身边的藤蓬开细碎的花／像是大象的群雕上落了一层薄雪／香气没有向着我这边飘。树和竹林／形态可见但不是你认识的样子",向我们展现出想象力和感知力的敞开或是炸裂,正如他自己所说的,"如果想象这是无数的躯壳在此敞开／那么想象就是暴政"(《叶蓼之红》)。《虚构的父亲》从少年与偷鱼人的偶然相遇敷衍开去,在从防备到亲密、从虚构到真实的转变过程中,思考人与人之间的微妙关系,充满诗性的温情。张鲜明组诗《幻游记》共包括《造天工棚》《巢》《欢呼》《蝶变》四首短诗,延续了以往的魔幻叙事,为我们提供了一架从时间尽头反身而归的魔幻"照相机",从乡村中常见的鸟、蝶等动物身上看到了创世神话的诞生。《蝶变》一诗的末句——"突然,一双看不见的手／像筷子一样／朝它／伸了过来／地球显然已经察觉到了危险／像一只被捏住的／可怜的蝉／吱啦吱啦地／尖叫起来"——十分精妙,将我们瞬间从繁杂纷乱的诗歌内部拉了出来,换一种尺度去观察日常的现实生活,无论是其所包含的视觉上的微观与宏观之间的巨大张力,还是其所拥有的高度压缩了的戏剧性力量和含糊的启示意义,均超越了一般的自然叙事。老诗人章德益的诗歌将自然化为聚焦的比喻意义上的剧场,或是一个具有神秘关联的微缩世界:《风景》一诗中缓缓扩展着的神秘黄昏,骑马人的偶然闯入,脱落的鹿角,在黑夜松林里秘密独饮的神秘剑客,火红的狐狸王,黑熊孤狼的传奇,在神秘中增加了一种奇谲的侠客气息。《索引》一诗将自然大地化为有待我们书写的文本,在万物的意义关联中看万物,在宇宙万物和永恒的关系中去看万物,"竖排的雪峰与横排的草甸"和"繁体字的群山被简化成／简体字的骑马人"等诗句都向我们展现了十分精彩的转喻技巧。

　　博尔赫斯的小说和山鲁佐德的《一千零一夜》等则为育邦、北琪、蓦景等诗人提供了独特的诗歌秘密养料。诗人育邦利用镜面、玫瑰、黑暗、花园等极富中世纪韵味的意象,如炼金术士般创造出了万花筒式的知觉图景,在他的诗歌中,我们不仅能闻到"在黑暗中飘荡的气息",还能听到"风声,铃声,鸽子的叫唤声"(《震泽》)。海男的组诗《植物图腾》为我们勾勒出一座极具画面感的秘密花园,将自己对时间、空间和身体的思考,以及关于魔法之路的幻想安置其间。一些如迷失了方向的黑色巨蜂和神秘的植物图腾的独特意象不时闪现于普鲁斯特式的意识流书写中,极富个人特色和神秘气质。欧阳江河的长诗《圣僧八思巴》同样富于西域元素，诗歌主题"八思巴文"（即元代的官方蒙文）经由诗人的改写而成为一种融合了多种语言的奇妙文字，或者说成为一种如地理学意义上的"层积岩"般的意象，如诗人自己所指出的那样，具有一种独特的"夹带古层的当代性"。诗歌的内视点不断在当下与历史、真实与虚构中颠倒、折返、取消，以呈现"不可见"的幽暗诗思。此外还有北琪的《一天零一夜》和蓦景《秋色之空》等诗，同样体现出对异域文化的迷恋，写下了如"金翅雀喃喃倾吐树的秘语／你用一册古籍唤醒／我的梦境"般带有惑人风情的佳句。

在这一季度，我们还惊喜地看到了作为小说家的莫言所写的诗，他的诗歌生动地向我们示范了何为感官的诗歌游戏。《聂鲁达的铜像》一诗回忆了诗人聂鲁达革命与爱情交织的一生，带我们进行了一番感官全方位敞开的、充满异域风情的精神漫游，以复杂而精准的气味描摹聂鲁达生命的最后时刻："站在你的床边／想象你沉重的呼吸／和老年人的气味／烟草、酒精、磨损的牙齿"，令读诗者不由生出迷离惝恍之感。直接以五感之一命名的长诗《嗅觉》则为我们上演了一出以气味为主角的幻想剧：在幽暗的雨巷里，各种"未被嗅过的气味"诱惑着戴口罩的人们去嗅它们。气味在此不再是被动的存在，而是成为主动诱惑他人的主体，诱惑行人摘去口罩加入感官的狂欢。经不住诱惑的行人在摘下口罩的一瞬间，闻到了"气味的交响乐"："在小提琴的位置上／是姑娘沐浴后的体香／婴儿的奶味如大提琴的轰鸣／低音大号是老人的气味／缓慢重浊而悠长／狗味如小号／猫味如圆号／鱼味似竖琴／石头之味，如木琴般清纯／如果说玫瑰香气似短笛／那竹叶清香便是长笛／那吹黑管的少女和她的黑管／恰似那薰衣草与薄荷的气息……"这是我们所熟悉的莫言式的通感写作，诗人不仅将听觉与嗅觉打通，更在短短几行诗句中呈现出起承转合的戏剧性张力，仿佛是夏加尔画作的诗歌翻版，具有一种泥沙俱下的魔幻风格。诗人重新唤醒了我们对气味的敏感，带来一种令人炫惑的奇妙体验。

随着感官敞开而来的是对世界命名的冲动，这一季度的诗人们对"名物"这一行为似乎抱有极大的兴趣。罗羽在《日常》一诗中，不满足于对花鸟鱼虫的简单命名，而是醉心于爬梳家乡各种动植物的准确名称：沙丘鹤、桑葚、波罗蜜、聚花果、冬小麦、池衫、沙梨、枇杷、腊梅、竹叶、扶芳藤……在这些逐一浮现在我们眼前的名词背后，我们可以看到一种博物学式考察的努力。正如诗人自己所说的那样，他要做的是"仔细辨认那些乡土树种"，而正是这些具体的"乡土树种"构造出一个诗人可以将自己安置其中的真实的乡村世界。对动植物的书写向来是诗人所热衷书写的题材，若将哲学理论的智性思考贯注其间，则带来一种新的风景，这一现象尤其体现在有学院背景的诗人身上。臧棣就为我们带来了诗歌的植物学，《牛舌草协会》《血路草协会》《打碗花丛书》《金翅雀协会》等诗作都令人耳目一新。尽管诗人将自己的写作命名为诗歌的植物学，但显然其诗歌触角已经远远超过了植物学的范畴，而衍生到了鸟类学、地理学等可以称之为"泛博物学"的领域。臧棣的独特之处在于，并不满足于单纯的名物行为，而是悖论式地呈现出一种对名物行为的吊诡的反叛——正如他自己所说的那样，"通过植物的抒写超越单调的物性"。其中一批如《萱草协会——仿白居易》《泡花树丛书——仿韦庄》《花木蓝协会——仿王维》《紫露草协会——仿安德鲁·马维尔》等"仿作"显然并非简单的戏仿，而是从古今中外的诗人那里汲取养分，仿的并非结构或词句，而是一种玄理和田园相结合的自然理念。

　　本季度的另一些诗人则不约而同地将目光投向鸟类的飞行姿态，在他们笔下，"鸟"不再是某种本质性概念，而是对瞬间之美的呈现。宁延达的《银鸥悬在水面》以"反引力的绝技""银鸥是屏幕上出现的一个绝句"等语句描绘银鸥舒展、静止、悬停的松弛状态，最后却陡然以"世界　在那一刻缩进黑色的海螺"一句收尾，荡开一笔旁入他意，警策而充满张力，令人印象深刻。亚楠的《湖畔》和《白鹭飞》同样静观鸟类飞翔的姿态，对欲望和喧嚣的辩证关系有着精彩的处理。紫藤晴儿的《喜鹊在飞》随着喜鹊瞬间展开翅膀的姿态和羽毛的反光而衍生出一系列对生死问题的思考，并抒发了对父亲的思念。华龙的《一只画眉飞离椿树》大量运用问句和叹句，却并不令人感到俗气，语句间流动着的情感真切动人，末句"不妨于红尘中超度／让一只画眉飞离开椿树"洒脱而畅达。陈先发的《白头鸭鸟诗》和《从白鹭开始》皆超越了纯自然主义式的客观描摹，也不局限于个体经验的书写。前者以聆听白头鸭鸟清淡的叫声起兴，后者则从凝视一群"仿佛失去了／重量地浮在半空"的白鹭入手，既有对父亲的思念，也有对生命的思考。但值得重点指出的是，诗中诸如"缓缓""邈远""静谧""漫长""静止"等词的大量使用，构成了诗歌结构的根本性逻辑，正如诗人自己所说的那样：他要做的是垂下双手，"等着这些词消失后的静谧，构成／一首诗"。另一首《博物馆之暮》同样凝视琥珀中昆虫的缓慢苏醒，以诗歌的慢镜头截取生命的片段，"永恒的凝固"为更强调速度和变化的现代生活提供了另一种可能。由此扩展开来，我们会发现这一季度的许多诗作都表现出对"微小"的迷恋：不仅关注微物，更关注微物的微动作。如刘小春的《一只蚂蚁走在悬崖边上》、曹银桥《一颗椰子掉落的概率》等诗歌，都是以对细微瞬间的把握展开行文逻辑，体现出一种"微观化"的转向，一种显微镜式的新型目光清晰可见。进步的历史宏大叙事被微观化，却没有削减理性的深度，反而展现了一种比所观察之物更加广阔、更加深刻的精神世界。

这一季度青年诗人的自然书写同样注重哲思的加入，但更富于一种充满锐意的灵动气质。《星星》诗刊2月下旬推出"星星·黄姚古镇"第四届全国青年散文诗人代表作品小辑，其中青年诗人徐小冰善于将具体事物抽象为几何符号，诸如"电视塔收割天空如收割鸟的象形"（《鸟的象形》）、"歌声像星星一样坚硬""鞋底的螺纹逆时针刻在云的边上"（《树》）等诗句皆在柔软和坚硬、虚无和实有之间斗转腾挪，如提刀伐木般有力且斩钉截铁。另一位青年诗人严琼丽的组诗《丢失耳朵的单角麋鹿》语调舒展自然，但又充满内在性的紧张感和危险感，无论是"我的肋骨里早已埋下了倔强的钉子"，还是"危险的地方，镜子正在一一摔倒，碎裂，虚无的深渊从平整的水泥地板上凸起"，都给人以新鲜而紧张的阅读感受。《诗歌月刊》等其他刊物上的青年诗人的自然书写同样在一定程度上显示出此种倾向，而又不乏鲜明的个性。周祥洋的散文诗《寄信》节制内省但又充满迷人的力量；刘雪风的《林中随想集》和《湖水集句》同样表现出色，"松枝的裙角在坡面聚拢，紧贴傍晚的湿轨"一句尤其突出,动词精准贴切而又不失优雅；蒙志鸿的《新林木》赋予处于城与城之间中间地带的树木以观看者的身份，成为现代人的生动镜像。其他如张洁玲的《盛夏风暴》、许放的《哪怕是野草，也有注定要守护的夜晚》，邹弗的《一朵云》等诗歌皆表现出色。正如德国语文学家弗里德里希所指出的那样，现代诗歌是日神而非酒神的艺术，冷静理智的语调和视野逐渐取代了狂热无序的抒情，然而需要强调的是，这并不意味着诗人需要以丧失对生活的充沛的情感和敏锐的感知力为代价，上述这批青年诗人的诗歌便很好地向我们证明了这一点。

由于感官视角的加入，本季度的诗歌向我们展现出某种打破空间乃至时间界限的可能，延展与流动的地理版图在我们面前徐徐展开，极大地丰富了怀乡诗／都市诗的面貌《星星》2月上旬刊推出名为"都市记"和"乡村帖"的两个专栏，互为映照，呈现出参差对照之美。诚如雷蒙·威廉斯所揭示的那般，若将乡村与城市简单视作二元对立的关系是一种站不住脚的刻板认知，这一季度的诗歌刊物有意将"都市"与"乡村"并提，显然不是为了强调城乡的二元对立，而是提供了一种新的看待现代中国空间的视角，和贯通其间的复杂感受。其中震杳的《动物园》关注到了"动物园"这一都市中较有暧昧含混色彩的中间地带，并对"笼子"意象投去一瞥。平时的我们总是忽略动物园中铁笼的存在，因此"冰冷的响声与锈味被感官滤去，成为第二自然"，诗人所要做的则是重新唤醒我们的感官，消弭笼内与笼外的界限，感知这种人与动物都在同时经历着的精神异化。在福柯看来，动物园、大型博物馆、电影院等空间，是具有将几个本身无法并存的空间并置于一个真实空间内的能力的"异托邦"，而构成"铁笼"的栅栏正是分界线。无独有偶，江离的《野生动物园》同样以"动物园"为空间主题，思考了人与动物的关系，从远古时期的皇家狩猎，到少年时代的小镇马戏团，再到最后的野生动物园，最终发现无论是动物还是人类，都受制于某种无形的"庞然大物"，背后大他者的注视目光隐约可见。震杳的另一首诗歌《缝补女》则对集市上的女工投去同情之目光，和曾子芙的《烧烤店女孩》有异曲同工之妙，皆是对都市中边缘人物独特品质的赞美。"乡村帖"栏目中，石莹的《伞在另外的地方》以回溯性的视角返回故乡老街，将故乡的礼堂比作乞丐撑开的大伞，比喻生动且含蓄隽永，显示出诗人对底层人物的温情关怀。阿洛夫基的《暮春》、张杰的《我的村庄》、葛小明的《麻雀反复商量》、周簌的《低垂的花钟》等诗均为在乡间的精神漫游和遐思。其他诗刊上同样不乏从感官角度出发书写怀乡情绪的诗歌：青年诗人马健的组诗《倾听》从感官的角度进入村庄，"听风，听雨，听万物在雨中的呼吸和诉说"，以拼贴的手法将关于乡村的经验打成碎片，并重新加以组合，呈现出独特的诗歌韵味。

在英国社会学家约翰·厄里（John Urry）看来，现代社会的居住形式中几乎总是包含着多种样式的移动性。柏桦的组诗《江南传》正是一首不断"流动"的诗歌，诗人散点聚焦于上海、高邮、南京、杭州、常熟、绍兴等城市，"走"字成为本组诗中的关键词："我病脚消失，到处走来走去。"（《小职员的高邮生活》）"你就不停地走来走去"（《张爱玲在上海，1943》）、"念羁情、游荡随风，观眼前百万人家……"（《出夏入秋，少年杭州》）四处游走的诗歌主体带有某种洒脱随性的游侠气质，以旁观者的目光注视现代地理空间的展开、流动与变化。沈苇的组诗《诗江南》立足于诗人自身的阅历与视野，从江南特有的物候与地理情节入手，在叙事与玄思中"辨认自己混沌的起源"（《运河剪影》《塘栖》），在历史地理中展开江南与西域的关联（《骆驼桥》），并追忆到泉州曾经的五方杂处的国际化，各种异乡人的世俗日常与生命归宿（《异乡人的墓园》），的确以独到的抒写呈现了江南内部的差异性与丰富性。云南的李森则继续其以"明光河"为总题的系列短诗写作，本季度发表在《作家》杂志上的《第二十二歌 别江南》《第二十四歌 岁月》《第二十五歌 归去来》《第二十六歌 别江南》《第二十七歌 乡关何处》，每"歌"之下均含十首左右的短诗，形制简洁如民谣，语言活泼丰盈，洋溢魔幻气质，其故乡云南绚烂多彩的地理风物与人文历史跃然纸上。

不同于沈苇与李森诗中的地方感，诗人蒋浩在《雨花》发表的以"己亥初三日，西海岸观海"为总题的几首诗，多由陌生的地理"空间"激发灵感。其中如《戊戌初冬在武夷山下五夫镇》《在泉州开元寺弘一大师造像前》，充分调用汉语的诗性功能，又结合了禅宗的顿悟思维与机锋，屡屡从非逻辑处翻出新意，的确有"语不惊人死不休"的匠心，寻常难写的旅游诗、登临诗或酬赠诗，在蒋浩的笔下似乎是着了魔法般轻松抛却了地理实存的局囿，而成为推动语言想象力火箭不断飞升的一级级的助燃器。无独有偶，陈东东的组诗《地方诗》包括《洞头》《杭州》《旧县》《斯德哥尔摩》《烟台》《自贡》等，所叙之景皆为诗人曾经游览过的，但呈现出来的却更多是历史、政治、风俗中的人性，或者说是具体的人性景观。西渡《回忆石头城之夜》也有旅游诗、登临诗一类，在语言表达上也颇为机智，不过相对而言，还是更侧重经典的脉络和"幻象"的创造。大解的《燕山》则虚拟先知"长老"的形象，间以对话的形式，在对北方历史地理的拟人中抒写自我的生命认知。

本季度善于将自己的故乡人文地理、生命经验与人生感悟、语言更新融为一体的诗人诗作还有很多。其中张洪波的组诗《那一大片白》多以身边寻常景物入题，"即事而成理"，充满悟透人生后的老练通达，语言机智而追求哲思。例如《河流融冰》即是一首短小而隽永的佳作。其他诸如郭全华的《深夜，与一座村庄相遇》、王微的《在异乡》、蕾景的《外婆》《失明的鱼》和《总有一个地名让舌头不由自主》，把都市与乡村的图景并置，让过去和现在并存，提供了徘徊于城乡之间的独特现代性体验。

四

  本季度还有一些诗人的写作值得我们特别关注。朱朱的一组诗歌《在德兴馆》借助绘画、音乐等诗歌姊妹艺术以刷新感觉、重构想象空间,尤为出色。该组诗包括《佩索阿》《霍珀》《宾夕法尼亚煤镇》《夏日时光》《二楼的阳光》《旅馆房间》,后面的四首诗直接与美国画家霍珀的画作同题,体现出朱朱擅长跨界艺术以加强诗歌的视觉与听觉表达的优点。更加纯粹的艺术的角度与感性带给朱朱的诗歌纯洁、结实而新奇的品质,在日益俗化的诗坛倍显珍贵。陈先发的两组诗《柔软的下午》和《若缺诗章》不弃视觉与听觉,也更加重视直觉与知觉,却大有古典"枯瘦"一路的气息,亦有"元诗"的理解与表达:

> 诗须植根于人的错觉
> 才能把上帝掩藏的东西取回
> ——《直觉诗》

  本季度,以"打工诗歌"引人注目的郑小琼以组诗《俗世与孤灯》,宣示了自己对标签化身份的突破与转向,在向古典诗歌汲取资源的同时,郑小琼仍然忠实于当下现实经验的馈赠,内心世界的扩大扩展了其诗作的精神空间,新格律诗的形式令人耳目一新。王太贵的组诗《木梯的另一端》是近年比较罕见的抒写"80后"一代人乡土经验的好诗。好就好在他以感官细节的秩序和清晰的对比写出了乡土生活的内在性或曰诗性,虚实相生,以语言重构了经验现实。林雪的组诗《那些佚名的人在佚名的岁月》一如题名,倾心于看似平凡微小的人与物,并以此探讨爱情、生死、岁月等普遍而永恒的命题。其他如卞云飞的短章《穿越零点》中出现了"雨声更激烈,/它们正使劲把自己往土里按,/我使劲把烟头往黑暗里按"这样的诗句,形容词少,动词张力强,像锥子扎人一般有力。又如漆宇勤的《扛着一万根钢针行走》和《行色匆匆的飞鸟穿过月亮》、冷若梅的《载着生活诗意的巨轮驶过掌心》等诗,皆在标题中就显示出了对语言的高度敏感,能够迅速抓住读者的眼睛。

  春季的诗坛整体呈现出感官复苏的倾向,由此诗歌因子不断生长,极大地扩展了以往一些如怀乡诗等传统诗歌主题的边界。谢冕的新书《觅食记》虽非严格意义上的诗集,但正如邵燕君所评论的那样,"诗歌之道和美食之道是一体的",诗与美食一样,皆"最恨乏味,最要足味"。本季度的诗歌正是一批"有滋有味"的新诗歌。当灾难纷沓而至,现实空间日益狭窄逼仄之时,诗人们抛却玄虚浮动的梦呓,以身体的真实与感官的敞开,稳定着不确定的世界,以生命肯定了生命。

2022年4月18日于上海
(上海大学　中国当代诗歌研究中心)

※ 本文资料来源主要为2022年春季(1—3月)的国内诗歌刊物,以及综合性文学刊物等。除了作者姓名、诗题,诗作发表刊物与期数不再一一注明。

图书在版编目（CIP）数据

诗收获. 2022年. 夏之卷 / 雷平阳，李少君主编
. －－ 武汉：长江文艺出版社，2022.7
 ISBN 978-7-5702-2819-5

Ⅰ. ①诗… Ⅱ. ①雷… ②李… Ⅲ. ①诗集－中国－当代 Ⅳ. ①I227

中国版本图书馆CIP数据核字(2022)第122974号

策　　划：沉　河
责任编辑：王成晨　　　　　　　　责任校对：毛季慧
封面设计：祁泽娟　　　　　　　　责任印制：邱　莉　王光兴

出版： 长江出版传媒　长江文艺出版社
地址：武汉市雄楚大街268号　　　邮编：430070
发行：长江文艺出版社
http://www.cjlap.com
印刷：武汉市籍缘印刷厂

开本：720毫米×1020毫米　　1/16　　印张：17.125　　插页：2页
版次：2022年7月第1版　　　2022年7月第1次印刷
行数：6729行

定价：58.00元

版权所有，盗版必究（举报电话：027—87679308　87679310）
（图书出现印装问题，本社负责调换）